監修　村田右富実
助手　阪上望
絵・文　まつしたゆうり
文　松岡文
森花絵

西日本出版社

春日山に住む鹿先生は
今日も万葉集の研究に おおいそがし

トントントン

そこに一羽の小雀が やってきました
なまえは鳥子ちゃん

「先生！
わたしも万葉集を読みたいです
でも どう読んだらいいのか
わからないんです
ピエピエ」

鹿先生は「困ったなあ」と思いながらも
そんなビギナー小雀のために 少しの間だけ
万葉集講座を 開いてあげることにしました…

先生、万葉集の歌はどんな風に読んだら楽しめるんですか？

「読む」というより「**詠む**」の方がいいね。つまり声に出して詠む。当時、**歌は声に出して詠む**のが当たり前だったから。メロディに乗せることで、メッセージが伝わりやすくなるんだよ。

確かに！今の歌も一緒ですね。

恋して悩んだり、別れを悲しむ人の心は変わらないからね。歌はいつも一人称。「私」が詠むからこそ、歌は時代を越えられるんだ。

歌の上手い下手もポイントになりそう…。カラオケみたいに歌声も重要だったかも!?

どんなメロディに乗せていたのかは、分かっていない。だけど、そういうのを想像しながら声に出して詠んでみると、歌の意味だけじゃなくって、**リズムや響きの面白さ**も楽しめると思うよ。自分の一番好きな「別格歌」が見つかると、より楽しい！

ではまず次の頁(ページ)で**万葉集 基礎のキソ**を学んでください。ものすごく簡単にまとめましたから。

万葉集基礎のキソ

名前の由来

なぜ「万葉集」というのか。昔からいろんな人が推理してきましたが、いまだ確かな答えは出ていませんが…。あなたはどの説だと思いますか？

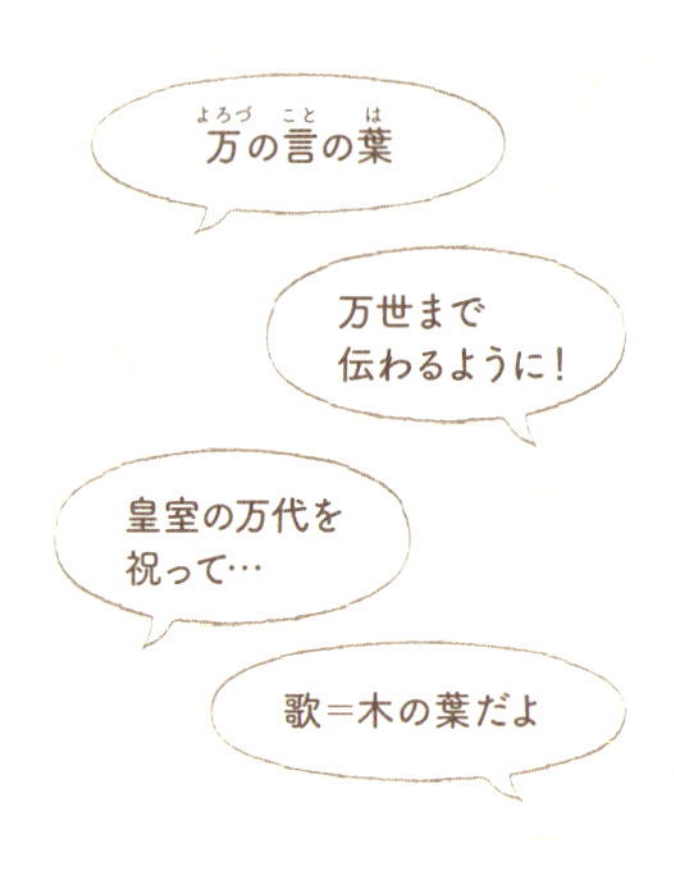

◆歌の数は？

歌数は約四千五百首、全二十巻です。

◆誰が書いたの？

一人の人が全てを書いたわけでなく、長い時代に渡って様々な人が関わりながら編纂されました。しかし、大伴家持が編纂に深く関わったのは間違いありません。

◆いつ頃の歌なの？

一番古いとされる歌は、仁徳天皇（四世紀）のお后、磐姫皇后の歌（131頁）。一番新しい歌が七五九年正月の大伴家持の歌（130頁）です。けれども、推古天皇（五九三〜六二八年）以前の歌は数も少なく、万葉集の時代は六二九〜七五九年の百三十年だと考えられています。

◆どんな人の歌が載ってるの？

天皇、貴族から防人まで、いろんな人の歌が載っています。有名な聖徳太子や中臣鎌足、額田王の歌もあります。

歌の種類（三大部立）		
	雑歌	公的な歌。他の部立より優先して載せられている。 宮廷儀式・行幸・饗宴などで詠まれた。
	相聞	私的な歌。歌数は一番多い。 男女の恋歌がほとんどだが、親族・肉親・友人間の歌もある。
	挽歌	人の死にまつわる歌。辞世歌・死者追慕の歌・死を悼む歌など幅広い。もともとは「柩を挽く者が歌う歌」の意味。

＊三大部立…万葉歌の代表的な三ジャンル

主な歌体（かたい）

旋頭歌（せどうか）	短歌（たんか）	長歌（ちょうか）
五七七 五七七	五七 五七七	五七を繰り返し… 五七七で結ぶ
上三句と下三句が対応する形を持つ。上下で問答の形式を取る場合もある。	今は五七五／七七と切るが、当時は五七／五七七と切る方が多かった。	もともと宮廷儀礼や祭祀の場で詠まれたと考えられ、万葉集の時代に最も流行し、頂点を極めた。

背（せ）

女性から男性の恋人へ呼び掛ける言葉として使われています。（我が背子（わがせこ））

妹（いも）

男性から女性の恋人へ呼び掛ける言葉として使われています。（我妹子（わぎもこ））

恋の作法

男性が名を尋ね、女性が名前と家を答えれば恋は成立します。夜になったら男性は女性の家を訪れ、名前を呼びます。当時、恋路の最大の障害は母親だったようです。

一日（ひとひ）

電気の無い当時は、太陽が出ている間と出ていない間で時間を区切っていました。

一夜（ひとよ）

夜は月明りをたよりに恋人の許（もと）を訪れたり、夢で恋人に逢えると信じて眠りました。

もくじ

はじまりの物語……2
万葉集 基礎のキソ……4

相聞
あしひきの　山のしづくに　妹待つと……8
我を待つと　君が濡れけむ……9
我が里に　大雪降れり……10
我が岡の　龗に言ひて　降らしめし……10

装
我が背子が　かざしの萩に　置く露を……16
しらぬひ　筑紫の綿は　身に着けて……18
振分の　髪を短み……20

鳥
春霞　流るるなへに……26
妹に恋ひ　寝ねぬ朝明に……28
常陸さし　行かむ雁もが……28
天雲に　翼打ち付けて　飛ぶ鶴の……30
我が衣　君に着せよと……32
我が門に　千鳥しば鳴く……32

笑
石麻呂に　我物申す……38
痩す痩すも　生けらばあらむを……38
うまし物　いづくも飽かじを……40
我妹子が　額に生ふる　双六の……42
我が背子が　犢鼻にする　円石の……42
白玉は　人に知らえず　知らずともよし……44

無常
世の中を　何に喩へむ……50
巻向の　山辺とよみて　行く水の……52
水泡なす　仮れる身そとは　知れれども……52
この世にし　楽しくあらば……54
生ける者　遂にも死ぬる　ものにあれば……54
うらうらに　照れる春日に　ひばり上がり……56

夢・おまじない
み空行く　月の光に……62
夢の逢ひは　苦しかりけり……64
忘れ草　垣もしみみに　植ゑたれど……66
相思はず　君はあるらし……68

恋
夏の野の　繁みに咲ける　姫百合の……74
心には　千重に百重に　思へれど……76
冬ごもり　春の大野を　焼く人は……78
武庫の浦の　入江の渚鳥　羽ぐくもる……80
大船に　妹乗るものに　あらませば……80

酒
あな醜　賢しらをすと……86
憶良らは　今は罷らむ　子泣くらむ……88
君がため　醸みし待ち酒……90
賢しみと　物言ふよりは……92

旅
音に聞き　目にはいまだ見ぬ……98
真木の葉の　しなふ勢能山……100
海人娘子　棚なし小船　漕ぎ出らし……102
人もなき　空しき家は……104

挽歌
天の原　振り放け見れば……110
青旗の　木幡の上を　通ふとは……110
人はよし　思ひ止むとも……110
うつせみし　神に堪へねば……111
山吹の　立ちよそひたる　山清水……112

別格
春の野に　すみれ摘みにと　来し我そ……116
我がやどの　いささ群竹……117
天の海に　雲の波立ち……118

◆万葉新聞
歌垣号14／装号24／鳥号36／動物号48／七夕号60／夢号72／恋号84／食号96／防人号108

◆もっと楽しむ！万葉集
音12／色22／万葉鳥図鑑34／原文おもしろ歌46／伝説歌58／おまじない70／歌人別ソング集82／長歌94／枕詞106／裏ベストソング集114

おわりの物語……120
監修者の言葉……122
あとがき……127

◆巻末資料
万葉集巻別早見表128／万葉の四季と行事130／万葉年表132／万葉地図134／＋α基礎知識と文法136／注137

表記について・参考文献……138

相聞

あしひきの　山(やま)のしづくに　妹(いも)待(ま)つと
我(あれ)立(た)ち濡(ぬ)れぬ　山(やま)のしづくに

足日木乃 山之四付二 妹待跡
吾立所レ沾 山之四附二

2・一〇七　大津皇子(おほつのみこ)

（あしひきの）山のしずくに君を待って
私は立ち濡れてしまったよ
山の雫に

我(あ)を待(ま)つと　君(きみ)が濡(ぬ)れけむ
あしひきの　山(やま)のしづくに　ならましものを

吾乎待跡 君之沾計武
足日木能 山之四附二 成益物乎　2・一〇八　石川郎女(いしかはのいらつめ)

私を待ってあなたが濡れたという
（あしひきの）山の雫に
なれたらよかったのに

我が里に　大雪降れり
大原の　古りにし里に　降らまくは後

吾里尓 大雪落有
大原乃 古尓之郷尓 落巻者後

2・一〇三　天武天皇

私の里に 大雪が降り積もっている
大原の 古びてしまった里に 降るのは後だね

我が岡の　龗に言ひて　降らしめし
雪の摧けし　そこに散りけむ

吾岡之 於可美尓言而 令レ落
雪之摧之 彼所尓塵家武

2・一〇四　藤原夫人

私の岡の 雨の神に言いつけて降らせた
雪のそのかけらが そこに散ったのでしょう

鳥子　雪の降る日に、男女が遣り取りした歌なんですね。ふざけ合う感じから、仲の良い間柄だと伝わってきます！「雪が降った」「こっちの方が降った」なんて、子供みたいで微笑ましいです♡

先生　飛鳥に宮を営む天皇と、大原（奈良県明日香村）に住む夫人との歌だね。実はこの**二人の家はほとんど離れていない**、歩いて十五分程の距離なんだよ。（134頁）

鳥子　ええっ！じゃあ、雪はどちらにも同時に、同じくらいの量が降っているのでは…？

先生　そう。なのに天皇は「こっちの方が先に降った」と言い、夫人は「こっちの方が沢山降っている」と言い返す。家がある場所に対しても、天皇は夫人の住む大原を「古りにし里」（すっかり古びてしまった里）とからかい、夫人は「私の住んでいるのは、あなたの里より高い場所にある岡なのよ」とやり込める。

鳥子　すごい…なんて気の強い奥さん。

先生　極め付けは「龗（おかみ）に言ひて」だね。龗は特定の神じゃなくって、どこの村にもいる**水の神様**のこと。その神様に、夫人は命令したと言っている。

鳥子　女性はいつの世も最強なのかも（笑）。天皇より神、神より夫人が偉いという、偉さ逆転の構図も面白いです。お互い本気でけなしていないのを分かった上で、相手がどうやり返すか楽しんでいるんですね。

先生　この歌を楽しむもう一つのポイントは、音の配置だね。一首目は「大雪・大原」の**オの連続**から「古り・降ら」の**フの連続**に変化する。それを受けて二首目は「龗・降ら」と**オとフの音を引き継いだ**後に「しめし・摧けし・そこ」と**S音がパパパッと畳み掛ける**ところが上手い。この歌は**極めて優れた言語遊戯の歌**でもあるんだね。

鳥子　こういう遣り取りの歌は、他にもあるんですか？

先生　歌はもともと男女の遣り取りの中から生まれたもの。**相聞歌**（そうもんか）といって、万葉集にはたくさん載っているけれど、これまでの四首は特に良い！

鳥子　歌は、お互いの気持ちを伝え合うためのものだったんですね！何だかメールのようにも感じます。他にどんな遣り取りがあるのか楽しみです♪

音 声に出して詠もう

歌はもともと、声に出して詠まれていたもの。「目で読む」より、「声に出して詠む」ことで、重なり連なる音の面白さを、もっともっと楽しめるはず！

来むと言ふも　来ぬ時あるを
来じと言ふを　来むとは待たじ
来じと言ふものを

巻4・五二七　大伴坂上郎女

「来る」と言っても 来ない時があるのに
「来ない」と言うのを 来ると思って待ちません
「来ない」と言うのだから

住吉の　岸の浦廻に　しく波の
しくしく妹を　見むよしもがも

巻11・二七三五　作者不明

住吉の 崖の下の浦に押し寄せる波のように
幾度も幾度も 君を見るすべが欲しい

巨勢山の　つらつら椿　つらつらに
見つつ偲はな　巨勢の春野を

巻1・五四　坂門人足

巨勢山の 連なる椿を つくづくと
見ながら偲ぼう 巨勢の春野を

川の上の　いつもの花の　いつもいつも
来ませ我が背子　時じけめやも

巻10・一九三一　作者不明

川のほとりの いつもの花の名のように
いつもいつも来て下さいね あなた
都合のつかない時なんてありません

はろはろに　思ほゆるかも
白雲（しらくも）の　千重（ちへ）に隔（へだ）てる　筑紫（つくし）の国は

巻5・八六六　作者不明

遥か彼方に思えることだ
白雲が千重に隔てる筑紫の国は

なでしこが　花取り持ちて　うつらうつら
見（み）まくの欲（ほ）しき　君にもあるかも

巻20・四四四九　船王（ふなのおほきみ）

撫子の花を取り持ち見るように
つくづくと見たいと思う
あなたでいらっしゃることよ

この山の　黄葉（もみち）の下（した）の　花を我（あれ）
はつはつに見て　なほ恋（こ）ひにけり

巻7・一三〇六　作者不明

この山の紅葉の下の花を
私はほんの少し見ただけなのに
かえって恋しくなってしまった

我（あ）が心　ゆたにたゆたに
浮（う）き蓴（ぬなは）　辺（へ）にも沖にも　寄りかつましじ

巻7・一三五二　作者不明

私の心は安心したり不安になったり
ゆらゆらと浮かぶジュンサイのように
岸にも沖にも 寄れそうにない

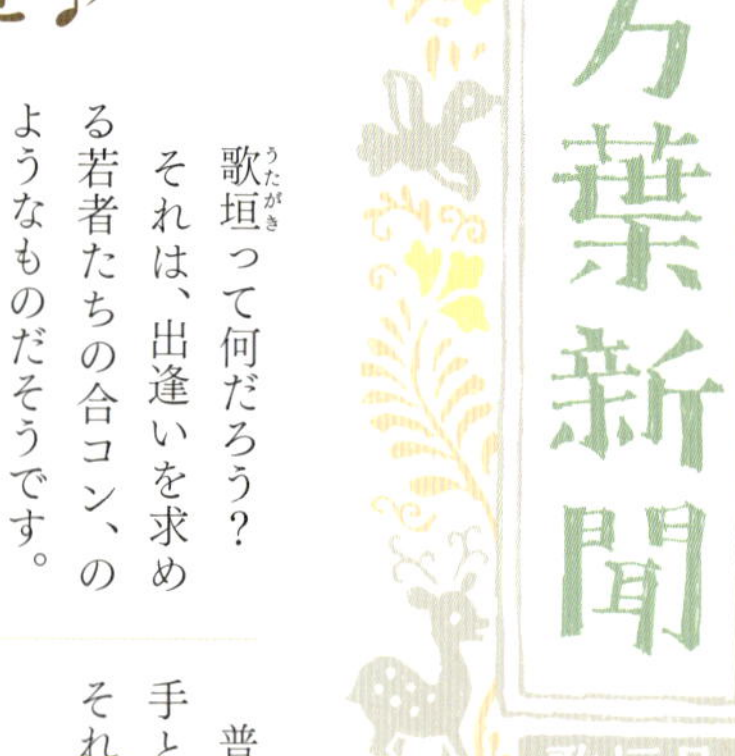

お祭りに出逢いを♪

歌垣って何だろう？　それは、出逢いを求める若者たちの合コン、のようなものだそうです。

春と秋の特定の日、特定の場所へ、広い地域から男女が集まり、歌を詠み合いながら食べたり飲んだり舞ったりするお祭りでした。年に二回、春と秋に行われるのは、もともと田植え前と稲刈後に行う農耕に根差したものだったから。筑波山や海石榴市は、有名な歌垣スポットでした。

普段の生活では出逢えない相手と、巡り合える貴重な場所。それが歌垣だったのでしょう。

歌垣や、ヨバイの時の男女の掛け合いから相聞歌が生まれたといわれています。

歌垣ガイドブック

万葉文庫

人気スポット、歌ヲ上手ク詠ム技カラ、意中ノアノ子ヲ名乗ラセルマル秘テクマデ情報満載！！　皆様ノゴ要望ニ応ヘ、歌垣ノ場所マデ歩キナガラ読メル極小サイズ、遂ニ発売！

密着！　万葉時代の恋から結婚まで

スタート

まず男性が自分の名前を名乗るのがルール。その後で女性が名前と家を教えてくれたらプロポーズ成功です。万葉集の頃は名前がとても大切に扱われていて、家族以外には簡単に名乗らないようにしていました。名は魂の象徴で、名を知られることは相手に支配されると考えられていたからです。そこから女性が自分の名を告げることは、プロポーズを受ける意味へとなっていきました。

プロポーズ

紫は　灰さすものそ　海石榴市の　八十の衢に　逢へる児や誰

紫染めには椿の灰をさすものだよね。その椿市の多くの道が交わるここで、出逢った君は誰？

（巻12・三一〇一　作者不明）

おへんじ

たらちねの　母が呼ぶ名を　申さめど　道行き人を　誰と知りてか

（たらちねの）母が呼ぶ名を申しあげたいのですけれど…。通りすがりのあなたが誰か、知りませんので。

（巻12・三一〇二　作者不明）

大伴坂上郎女

おおとものさかのうえのいらつめ

生没年不詳

第三～四期万葉歌人

女性歌人の中では歌数が多く、しかも上手い！
名前は坂上の里に住んでいたから
大伴旅人が大宰帥の時に、筑紫に下向している
大伴家持の歌の師だった可能性もある
巻13の歌々と関係が深い

- **大伴氏の家刀自（女性のトップ）**
- **大伴旅人の異母妹**
- **大伴家持の叔母で姑**

全歌	84首
長歌	6首
短歌	77首
旋頭歌	1首

鳥子記者のひとこと

レッツ ヨバイ！

万葉時代の結婚の形は、今と違って妻問い婚。夫婦同居をせず、夜になると夫は妻の家へと通います。これを「妻問い」や「ヨバイ」と呼んでいました。原義は「夜這ひ」とも、相手の名を呼び続ける「呼ばふ」ともいわれています。月明りを頼りに妻の家を訪ね、こっそり名前を呼ぶ姿が想像されます…。

ヨバイ期

プロポーズが成功しても、すぐに結婚には至りません。しばらくヨバイ生活を重ねるのが作法。けれど、人目や噂を気にしたり、女性側の母に反対されて逢えない日々が続いたりと、この期間にも様々なドラマが生まれ、歌が詠まれました。

母を気にして…

誰そ彼と　問はば答へむ　すべをなみ
君が使ひを　帰しつるかも

「誰なの彼は」と、母に訊かれて答えようが無かったから
あなたのお使いを帰してしまったの…。

（巻11・二五四五　作者不明）

秘密にしよう

たらちねの　母に申さば
君も我も　逢ふとはなしに　年ぞ経ぬべき

（たらちねの）母にもしも二人の関係を喋ったら
あなたも私も逢えないまま、年が過ぎてしまうでしょう…。

（巻11・二五五七　作者不明）

ゴールイン

ヨバイ期間を経て周りにもバレ、認められたらやっと結婚です！　めでたしめでたし。

装

我が背子が　かざしの萩に　置く露を
さやかに見よと　月は照るらし

吾背子之　挿頭之芽子尓　置露乎
清見世跡　月者照良思

10・二二二五　作者不明

あなたが髪に挿す萩に
置かれた露を　はっきり見なさいと
月は照っているようです

鳥子 月の光の、冴え冴えとした雰囲気が好きです。「月は照るらし」の言葉に、すがすがしさと優しさを感じます…。この「かざし」って何でしょう？

先生 **「かざし」は、髪に植物の枝などを挿すこと**。今の「飾る」に通じる言葉だね。もう一つ、頭に乗せて飾る**「かづら」は、植物の蔓や糸で玉や花を貫いたもの**。この二つはよく出てきます。

鳥子 髪に草花を飾るなんて素敵。これぞオシャレ！「かざす」にはどういう意味があるのですか？

先生 頭に何かを挿すというのは、本来は神様に関係があったことは間違いないと思う。でも、この歌にあるように男もかざすし、宴会では皆でかざしたりもするから、当時はただ単に楽しむものになっていたんじゃないかな。

鳥子 「さやかに見よ」のフレーズ、気になります。お月様がそう言っているように感じたのかしら。

先生 そうだね。この「露」なんだけど、「露」は基本的に美しいもの。でも、この詠み人の女の子は露よりも恋人ばかりを見ている。だから、**月が「恋人ばかりを見ていないで、かざしに置く露も見なさいよ」と言って諭している**んだね。

鳥子 それくらい「私はあなたに夢中なの」っていう歌なんですね！

先生 「我が背子」「かざし」「萩」「露」っていう風に、どんどん空間が絞り込まれていく。全体から一部にフォーカスされるようにね。その小さくなった「露」に、急に「月」という大きなものが割り込むのが、この歌の面白いところだね。

しらぬひ　筑紫(つくし)の綿(わた)は　身(み)に着(つ)けて
いまだは着(き)ねど　暖(あたた)けく見(み)ゆ

白縫　筑紫乃綿者　身著而
未者伎祢杼　暖所レ見

3・三三六　沙弥満誓(さみまんぜい)

（しらぬひ）筑紫の綿は
身にまとってまだ着ていないけれど
暖かそうに見える

鳥子　「筑紫の綿」を着ていたのかしら。表現が柔らかくって、どこか生活感がありますね。この詠み人の沙弥さんは女の人なのかな？

先生　いえいえ、沙弥満誓はレッキとした男性です。そしてお坊さん。それにこれ、多分宴席歌（笑）。だからこれは、**ちょっと面白がって、女の子のことを詠んでいる歌だね**。つまり、**綿と女の子に共通する「暖かさ」の部分で、色っぽさを連想させている**んだ。

鳥子　じゃあ、この歌は「筑紫の女の子」を詠んだ歌だったんですね！　お坊さんがそんな歌を詠むなんて!?

先生　お坊さんの恋の歌はいくらでも出てくるよ。

見えずとも　誰恋ひざらめ
山の端に　いさよふ月を　外に見てしか
（3・三九三　沙弥満誓）

▼見えなくとも、誰が恋をすることをやめようか。山の端でさまよう月（恋人）を、遠くからでも見ていたいなあ。

鳥子　筑紫の綿は、とても着られないくらい高級品で有名だったのかしら…。筑紫って、今の福岡辺りですよね。

先生　そうだね。**当時の文化の最先端は、平城京ではなく筑紫の大宰府**。外国の文化や技術は、全部ここを経由して入ってくるから、輸入した綿かもしれない。でも、九州自体、絹業が盛んなことで有名だったので、地元のいわゆる絹綿という真綿の一種の可能性が高いとは思う。

鳥子　そういえば、筑紫の前の「しらぬひ」って何でしょう？　意味が良く分からなくて…。

先生　これは**枕詞**というもので、「**あしひきの山**」「**たらちねの母**」などお決まりのセットがある。そういう決まり文句だっていうぐらいに覚えておくといい（106頁）。学生には「ゲゲゲの」は「鬼太郎」にかかる枕詞だと説明しているけどね。「ゲゲゲの」の後に、別の名前はこないでしょ（笑）。

鳥子　なるほど、分かりやすい！

先生　枕詞はもともと、後に続く言葉を誉める役割で使われていたものだろうね。覚えるしかないよ。

振分(ふりわけ)の　髪(かみ)を短(みじか)み
青草(あをくさ)を　髪(かみ)にたくらむ　妹(いも)をしそ思(おも)ふ

振別之　髪乎短弥
青草乎　髪尓多久濫　妹乎師僧於母布

11・二五四〇　作者不明

振分けの 髪が短くて
青草を髪に混ぜ束ねているだろう
君のことを思う

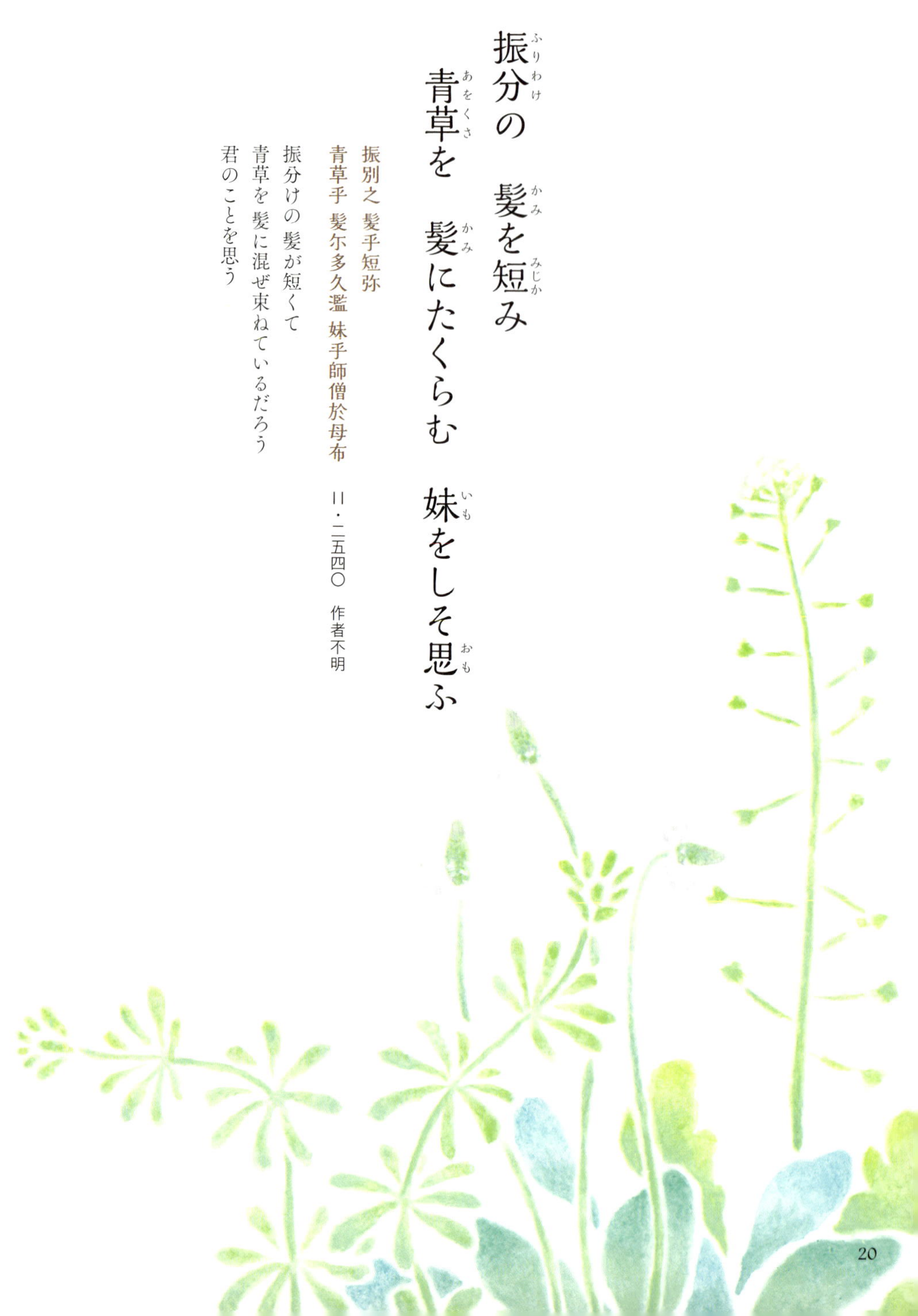

鳥子 青草を髪と一緒に編み込んでいたのかな…。髪が伸びきっていないから、少女のイメージが浮かびます。「振分の髪」って、どんな髪型なんでしょう?

先生 **振分髪**は、基本的に**小さい女の子の結う髪型**。「うなゐ髪」を経て大人の髪型に**「束く（た）」**(左図)。「たくしあげる」という現代語にも残っているように、**アップにすること**だね。

鳥子 振分髪だったら、束く長さに足りませんよね。

先生 そう。「髪を短み」の「を…み」は、「が…ので」の意(136頁)だから、直訳すると「髪が短いので」。束く程には髪が長くないから、青草を編み込んで**髪の代わりに束いている**んだね。

鳥子 エクステのようなことをしていたなんて、今の女の子と変わらないんですね! この歌、誰がどんな子に詠んだのかな…。いろいろ想像しちゃいます。

振分髪

うなゐ
(うなじに髪がゐる)

束く

先生 ちょっと待って。歌はね、**いつ誰がどこで詠んだのか**ではなく、**歌の時間・空間の中でどんな気持ちなんだろう**、ってことを考えた方が良いよ。とあるシチュエーションを設定した歌があり、それを読む側は、歌の中の「私」と同じ気持ちになって状況を擬似体験する。

鳥子 今の歌を聴く感覚と似てますね!

先生 これ、**人称が「私」なのが重要**でね。「〇〇君が悲しい」だと「大変だね」と他人事になるけれど、「私は悲しい」だと、読んでる方も「私」の気持ちに重なっちゃう。千三百年経た歌でも、我々が楽しめるポイントはそこだと思う。

鳥子 歌の中の「私」と同化するのが大事なんですね。

先生 万葉集は作者不明の歌が多いので、詳細は考えても仕方ない。でも題詞（だいし）や左注（さちゅう）(137頁)に、「誰がいつ詠んだ」と書いてある歌は、それを踏まえて読んだ方が断然楽しめるよ。
…しかしオシャレはよく分からんね。俺は貫頭衣（かんとうい）が一着あればいいやってタイプなんで(笑)。

色

草木染めとともに

一番古い色の名前は、赤・黒・白・青。熟れたものは赤い、熟れていないものは青い。暗いものは黒い、ハッキリしたものは白い…。そんな感覚で日々暮していた古代を、想像してみてください。

あかい
赤紫～黄色
「明るい」の仲間

くろい
黒色
「暗い」の仲間

しろい
白色
「いちしろし」は「ハッキリした」という意味

あおい
青紫～緑色
灰色なども含む

今では様々な色の表現がありますが、日本語がもともと持っていた色名は上の四種類でした。「緑」も本来は「新鮮な・瑞々しい」といった意味の言葉だったので、「嬰児（みどりご）」や「緑の黒髪」といった表現にその意味が残っています。

色をあらわす表現が増えたのは、布を染めるようになってからのことです。「紫」「藍」「紅」など染料にした植物から名付けられることが多く、それらは薬草としても使われていました。「藍」で染めた衣には虫除けの効果があるように、薬効のある植物で染めた衣を纏（まと）うことで、その効果も身に纏っていたようです。

日々、植物の力に助けられながら生活していた万葉の頃の人々は、今よりもずっと植物の扱いに詳しかったのでしょうね。

恋（こ）ふる日の　日長（けなが）くしあれば
我（わ）が苑（その）の　韓藍（からあゐ）の花の　色に出で（い）にけり

巻10・二二七八　作者不明

恋焦がれる日が重なったので私の庭の鶏頭（けいとう）の花の色のようにはっきりと恋心が顔色に出てしまいました

韓藍＝鶏頭の花で染めた色。花期8～9月。
《鶏頭の薬効》止血・凍傷・下痢・子宮出血等

…山藍（やまあゐ）もち　摺（す）れる衣（きぬ）着て
ただひとり　い渡らす児（こ）は
若草の　夫（つま）かあるらむ…

巻9・一七四二　高橋虫麻呂（たかはしのむしまろ）

山藍で染めた衣を着て
ただ一人渡っているあの娘（こ）には
（若草の）夫がいるのだろうか

山藍＝藍染めの蓼藍とは別の植物の名。葉で染める。
《山藍の薬効》解熱・浄血等

韓人の　衣染むといふ
紫の　心に染みて　思ほゆるかも

巻4・五六九　麻田連陽春

韓人が衣を染めるという紫の色のように
君のことが心に沁み込んで いつも頭から離れないなあ

紫＝宮廷の薬草園「標野」で栽培された貴重な植物の名。乾燥した根を使い、椿の灰を媒染剤に使うと鮮やかな色が出る。花期6～7月。
《紫草の薬効》解熱・解毒・消炎・腫れ物・やけど・凍傷・湿疹等

思はじと　言ひてしものを
はねず色の　うつろひ易き　我が心かも

巻4・六五七　大伴坂上郎女

もうあなたを想わないと言ったのに
はねず色のように移ろいやすい私の心よ

唐棣＝庭梅またはザクロの花の古名。その色のような薄桃色に紅花とクチナシを使って染める。色落ちし易いので「移ろう・儚い」イメージに。
《クチナシの薬効》止血・消炎・鎮静・鎮痛・打撲傷・捻挫等

外のみに　見つつ恋ひなむ
紅の　末摘む花の　色に出でずとも

巻10・一九九三　作者不明

遠くから見続けて恋焦がれていましょう
（紅の）末摘花が色に出るように恋心が顔色に出なくても

末摘花＝紅花。染めを繰り返す度、段々と濃い紅色に染まる。口紅・頬紅・食紅にも使われた。花期6～7月。
《紅花の薬効》婦人病・冷え性・更年期障害・血行障害・浄血等

橡の　衣は人皆　事なしと
言ひし時より　着欲しく思ほゆ

巻7・一三一一　作者不明

橡染めの衣は皆が「着やすい」と言ったときから
着たいなと思うようになった

橡＝いろんなクヌギの総称で、その実（ドングリ）の煎汁で染める。媒染液によって、黒色と黄褐色に染まる。庶民の服の色。
《ドングリの薬効》止血・下痢・痔等

万葉新聞

装号

万葉ファッション通信

◆男女のコーディネート例

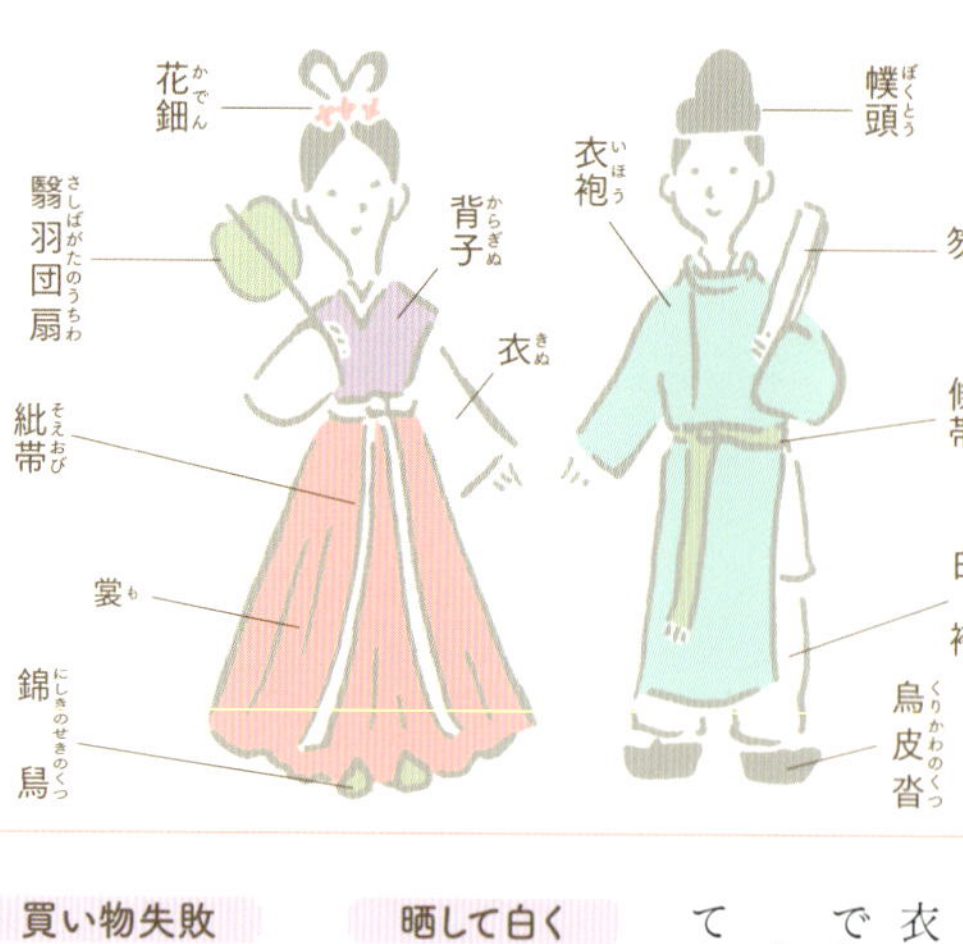

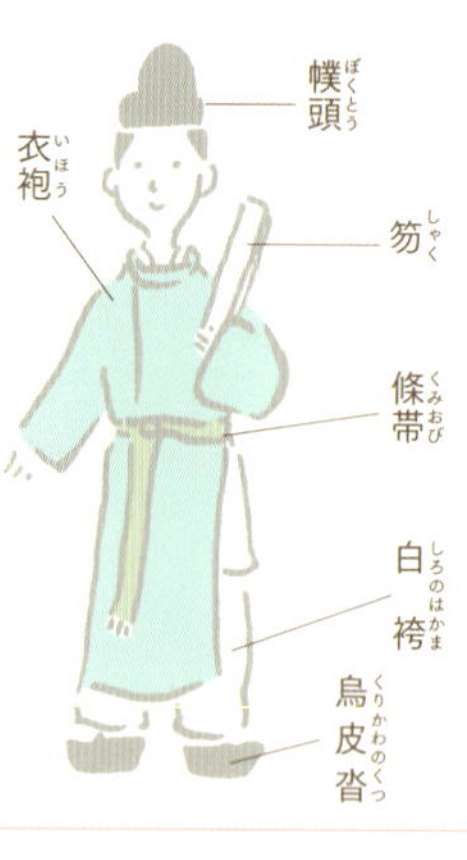

◆アクセサリー

縫った糸でアヤメ草や橘の花、真珠など様々な物を貫き、かづらを作りました。

糸で貫き

紫の　糸をそ我が搓る　あしひきの　山橘を　貫かむと思ひて

紫染めの糸を私は縒る。（あしひきの）山橘を貫こうと思って。

（巻7・一三四〇　作者不明）

◆衣

衣の素材は主に麻と絹。当時は綿製の衣は無く、麻の他にも藤や葛などの繊維で作った衣が庶民の服でした。

衣は日に干したり、水に晒して白くしてから、草木などで染めていたそうです。

晒して白く

庭に立つ　麻手刈り干し　布さらす　東女を　忘れたまふな

庭に茂る麻を刈り干し布を晒す、この東女を忘れないでくださいませ。

（巻4・五二一　常陸娘子）

買い物失敗

西の市に　ただひとり出でて　目並べず　買ひてし絹の　商じこりかも

西の市にたったひとりで出かけて、見比べず買ったこの絹の、買い間違いだなあ。

（巻7・一二六四　作者不明）

◆染め方

衣の染め方は主に二通り。染液に浸すか、草花を直接摺り付けて染めていました。

摺り染め

月草に　衣は摺らむ　朝露に　濡れての後は　うつろひぬとも

月草色に衣を摺り染めよう。朝露に濡れたその後は、色褪せようとも。

（巻7・一三五一　作者不明）

月草は露草のこと。すぐに色落ちするので「移ろう心」に喩えられてきました。

浸し染め

紅に　染めてし衣　雨降りて　にほひはすとも　うつろはめやも

紅色に染めた衣に雨が降り、色は増しても色褪せたりしましょうか。

（巻16・三八七七　豊後国の白水郎）

これも衣を心に喩えたもの。染色の歌では、紅が一番多く詠まれています。

◆裳の魅力

女性の裳が濡れるシーンは、色っぽさの象徴としてよく歌に詠まれました。

濡れた裳

あみの浦に　船乗りすらむ　娘子らが　玉裳の裾に　潮満つらむか

あみの浦で船に乗っているだろう娘たちの、美しい裳の裾に潮が満ちているだろうか。

（巻1・四〇　柿本人麻呂）

おしゃれ　するひと、しないひと。

…大和の　黄楊の小櫛を　押へ挿す
うらぐはし児　それぞ我が妻

…大和の黄楊の小さな櫛で髪を押さえ挿す
とってもきれいな娘。それが私の妻です。
（巻13・三二九五　作者不明）

君なくは　なぞ身装はむ
櫛笥なる　黄楊の小櫛も　取らむとも思はず

あなたがおられないのに、どうしてこの身を装いましょうか。
櫛箱の中の黄楊の櫛さえ、手に取ろうとも思いません。
（巻9・一七七七　播磨娘子）

衣いろいろ

「馬乗り衣」・「旅行き衣」・動物の毛皮製の「皮衣」など、様々な衣の名が歌に詠まれています。大陸輸入の衣は「韓衣」と呼ばれ、今でいう海外ブランドのような感覚で着られていたそうです。

man-you 創刊号
・天平新作韓衣コレクシヨン
・1year着回シ、コーデ術
・万葉メイク太眉テクニツク
・裏ワザ！落チヌ月草染メ

春色特集!! 裳
巻頭特集 大伴坂上郎女インタビユー
万葉文庫

赤裳ひく

裳は女性が履くプリーツの巻きスカートのこと。紅で染められた赤裳を引きながら歩く姿は、女性の美しさを表現する、歌の中での表現です。

何でも包んで贈りたい！

真珠はお好き？

沖つ島　い行き渡りて　潜くちふ
鮑玉もが　包みて遣らむ

沖の島まで渡って行って、
海女が潜って取るという真珠が欲しい。
包んで君に贈りたい。
（巻18・四一〇三　大伴家持）

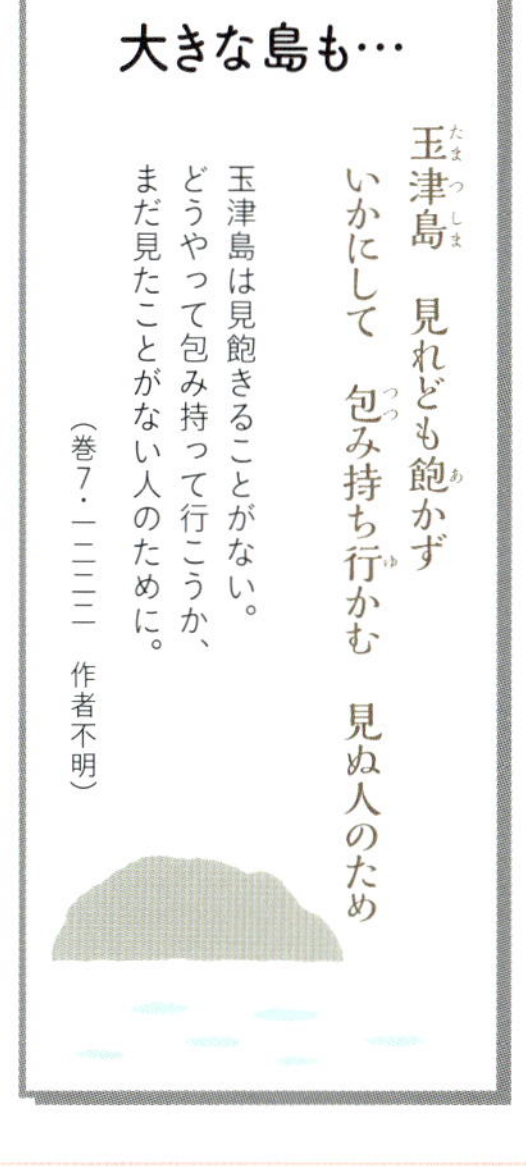

大きな島も…

玉津島　見れども飽かず
いかにして　包み持ち行かむ　見ぬ人のため

玉津島は見飽きることがない。
どうやって包み持って行こうか、
まだ見たことがない人のために。
（巻7・一二二二　作者不明）

愛妻へのお礼♡

生ける代に　我はいまだ見ず
言絶えて　かくおもしろく　縫へる袋は

今までの人生で、私はいまだ見たことが無い。
言葉にならないほど、
こんなに素晴らしく縫われた袋は。
（巻4・七四六　大伴家持）

鳥

春霞　流るるなへに
青柳の　枝くひ持ちて　うぐひす鳴くも

春霞　流共尓
青柳之枝啄持而　鸎鳴毛
10・一八二一　作者不明

春霞が流れゆくときに
新緑の柳の枝をくわえ持って
ウグイスが鳴いているよ

鳥子 春の淡い日差しまで感じられるようで…。「青柳」は柳の新芽のことかしら。ウグイスがそれを咥（くわ）えながら鳴くのも、とっても愛らしいです！

先生 実際は枝を咥えていたら鳴けないけどね（笑）。

鳥子 あっ…その通りですね！

先生 これは本当の情景を詠んだものじゃない。「**花喰鳥**（はなくいどり）」という有名な図柄を歌にしたものだろうね。

花喰鳥

鳥子 なるほど！　鶴が松を咥えているものなど、いろんなバージョンがありますよね。この歌は、一句ごとに見える景色が移り変わっていくのが、映像みたいで面白いです。

先生 移り変わりだけでなく、**全体から一部にフォーカス**しているのに気づくと、より楽しめるよ。

鳥子 春霞が流れ、柳が見え、それを咥えているウグイスが見えたら、鳴いていたのかしら…。

先生 ちょっと違うんだ。二句目の「なへに」は、原文でも「流共尓」と「共」の字を使っているように、**「〜と同時に」**という意味の言葉。なので、**霞が流れるのとウグイスが鳴いているのは「同時」**なんです。

鳥子 じゃあ鳴き声は、姿が見える前からずっと聞こえていたんですね！　霞と霧とは違うんですか？

先生 おおよそ上代の分け方は、「向こうの方にかかっている」のが霞、「自分が中にいる」のが霧だろうと。当時は**まだ霞と霧に季節感をもっていない**ので、春と秋の歌、両方に詠まれてる。春霞・秋霧と区別されるのは、平安期以降だからね。

鳥子 ウグイスは「**春告鳥**（はるつげどり）」の別名があるように、繁殖期のオスが春早い頃に鳴くんですよね。木々の新芽が出始める頃、一生懸命に歌う姿が思い出されます♪　若い雄が練習途中でつっかえながら歌うのも、微笑ましくて好きですけど（笑）。

ホー　ホケキョ！

ウグイス

留鳥（年中見られる鳥）。大きさ16cm程。巻十の「春されば妻を求むと…鳴きつつもとな」と妻を求め鳴く姿を詠んだ歌もある。

ウグイス色なのはメジロです

妹に恋ひ　寝ねぬ朝明に
鴛鴦の　こゆかく渡る　妹が使ひか

妹恋　不レ寐朝明
男為鳥　従レ是此度　妹使　11・二四九一　人麻呂歌集

君が恋しくて眠れぬ明け方
オシドリが　ここを通って渡りゆく
君の使いだろうか

常陸さし　行かむ雁もが
我が恋を　記して付けて　妹に知らせむ

比多知散思　由可牟加里母我
阿我古比乎　志留志弖都祁弖　伊母尓志良世牟　20・四三六六　物部道足

常陸を目指し　飛び行く雁がいたらなあ
私の想いを書いて託して　どうか君に知らせたい

鳥子　逢いたくて眠れず過ごした朝方…外に出てみたら、ぱーっとオシドリが飛んでいたんですよね。想い人のお使いと思いたくなっちゃうな…。

先生　**オシドリに「惜し」を感じていた**のも間違いないので、ちょっと悲しい系の歌だね。

鳥子　悲しい雰囲気の中にも、「妹が使ひか」の響きに魅力を感じます！ オシドリが渡ってきたなら、だいぶ寒い時期なんでしょうね。「鴛鴦(おしどり)夫婦」というけれど、毎年相手を変えるし、夏は雄雌別居だし、実際は冬だけ仲良しなんですよね…。

先生　それでも、**オシドリが夫婦和合の象徴**であるのは確かだよ(笑)。『日本書紀』にも「をし二つ居て」という表現で、ツガイのオシドリを見た男が、亡くなった奥さんを想う歌があるくらいだしね。

オシドリ
冬鳥。大きさ45cm程。水辺好き。雄の派手な色は冬の求愛時期のみ。

雁
冬鳥。大きさ72cm程。マガン、カリガネなどの総称。晩秋日本に来る。群でV字型に飛ぶ。

先生　二首目は※**防人歌(さきもりうた)**で、物部道足(もののべのみちたり)さんは常陸(今の茨城県)からの防人なのね。だから、故郷の常陸に恋人を残して来ているんだろうね。

鳥子　九州から常陸に手紙を届ける方法がない時代、せめて雁にって…(涙)。「記して付けて」と「て」を重ねている所は、性急さや必死感が伝わってきます。

先生　この「付けて」の意味は「付託して」。手紙を書いて郵便局員さんに渡す、雁のね(笑)。**雁の使いは「雁信(がんしん)」とか「雁書(がんしょ)」という言い方をします**。これは、中国の故事(137頁)が元になっている。けれどオシドリや鶴も使いになるから、「鳥のお使い」は当時一般的だったのかもね。

鳥子　みんな渡りをする鳥ですね！ お使いができるのは、長距離を移動する渡り鳥だけなのかも。

先生　ああ、そうかもしれないね。

鳥子　雁が北(常陸)を目指すってことは、歌の中の季節は春なんでしょうね。私も年に一度の雁信ラブレター、送ってみたいな♡

※**防人歌**…北九州防衛の、東国出身兵士とその家族の歌(108頁)

天雲に　翼打ち付けて　飛ぶ鶴の
たづたづしかも　君しいまさねば

天雲尓　翼打附而　飛鶴乃
多頭々々思鴨　君不レ座者　一一・二四九〇　人麻呂歌集

天の雲に羽を打ちつけ飛ぶ鶴の
たづたづしく（不安に）思う
あなたがおられないので

鳥子 「翼打ち付けて」って表現、かっこいいですね！ 大きな翼が空をバッサバッサと飛ぶ姿が浮かびます。でも、その後の「たづたづし」からは急に不安や寂しい言葉が続いていて…。力強い始まりからクルっとイメージが変わりました。

先生 よく気づいた！ こういうのを「**序詞**」といいます。一つの文脈があって、その文脈から言葉や比喩を使い、もう一つの文脈にずれて掛かっていく。その転換を読みとって「うまいね、お前！」というのが分かってくると、序詞の歌は面白いよ。

鳥子 「鶴」は「たづたづし」に掛かっているんですよね。

先生 そう。「たづたづし」は、現代語では「たどたどしい」の形になっている。「心許ない」と少し通じるね。

鳥子 「たづ」と「つる」はどう違うんですか？

先生 「たづ」は「**白くて大きな鳥の総称**」なの。だから鶴だけじゃなくて、鷺も白鳥も「たづ」。これは〝**歌語**〟というもので、歌の中では鶴を「たづ」と呼ぶんです。

鳥子 歌の時だけ「たづ」なんて鶴さん、おしゃれ…！

序詞 ギャップを楽しもう！

❖「たづ」に掛かる序詞

天雲に　翼打ち付けて　飛ぶ鶴の

▶ 場面が変わって

たづたづしかも　君しいまさねば

解説

〝天雲に…飛ぶ鶴の〟と聞いて、「なんだ鶴の歌か」と思っていたら、急に〝たづたづしかも〟と詠むので、「ああ、鶴の歌じゃなくて、不安なの。あなたがいなくて、という歌か」と意表を突かれる転換を見せる。

❖「長々し」に掛かる序詞

あしひきの　山鳥の尾の　しだり尾の

（11・二八〇二　作者不明）

▶ 場面が変わって

長々し夜を　ひとりかも寝む

解説

最初は山鳥の様子を歌っていたはずなのに、「長々し夜を…」と詠んでパッと文脈を変える。すると聞いていた人達も、急な展開に「ひとりぼっちでいるんだ…」と、しみじみする。

我が衣　君に着せよと
ほととぎす　我をうながす　袖に来居つつ

吾衣 於レ君令レ服与登
霍公鳥 吾乎領 袖尓来居管　10・一九六一　作者不明

私の衣を君に着せなさいと ホトトギスが 私を促します
袖に来て止まりながら

我が門に　千鳥しば鳴く
起きよ起きよ　我が一夜夫　人に知らゆな

吾門尓 千鳥数鳴
起余々々 我一夜妻 人尓所レ知名　16・三八七三　作者不明

私の家の前で千鳥がしつこく鳴いている
「起きなさい 起きなさい」
私の一夜夫よ どうか人に知られないで

鳥子　二首とも鳥さんが話しかけてくれるんですね！ 鳴き声を人の話し言葉で表現しているなんて、とても身近な感じがします。

先生　これは可愛らしい歌だね。本当は自分が君に着せたいけれど、恥ずかしいから「ホトトギスが来て『キミニキセヨ』って鳴いて促すんだ。だから君に愛情の証として衣を贈るよ」というちょっと変わった歌。実際そんな鳴き方はしないだろうけど（笑）。

鳥子　鳥のせいにしているんですか!? 自分で言う勇気が出ないときには便利かも（笑）。ホトトギスが鳴くなら初夏の頃、夕方から朝にかけてくらいかしら？ 二首目の歌はどこか色っぽい…。家に泊まった恋人を、千鳥も鳴いて起こしてくれるなんて。

先生　これはいわゆる戯れ歌だよね。千鳥の鳴き声を「起きよ起きよ」と聞きなしている。

鳥子　この「一夜夫」、原文では「一夜妻」なんですね。

先生　俺も気になっている。万葉集でも「妻」の字で「夫」のことを表しているのはこの歌だけなの。これを一夜の妻と理解すると、「おい、早く起きて帰ってよ。俺まずいからさ」って、全く意味が違って来るんだよね。やっぱりこれは女性の歌としか理解できないと思う。それに「つま」という日本語には「wife」と「husband」の両方の意味があるからね。**何かの横にいるのが「つま」**。今でも刺身のツマとかいうよね。

鳥子　なるほど！ そう捉えたらいいんですね。鳥の歌からは万葉の人々が、四季折々訪れる鳥と共に暮らす様子が伝わってきました！ 季節の移り変わりを身近な生き物から知るのは面白いですね。図鑑を片手に、鳥の鳴く季節や時間、場所を想像しながら、歌を詠むのも楽しそう！ 野山で鳥に出逢った時にも、ふとその歌を思い出すかも♪

ホトトギス

夏鳥。詳しくは37頁に。

千鳥

留鳥。大きさ16cm程。千鳥類や小型のシギなどの総称。小走りと停止を繰り返し真っ直ぐ進まない歩き方から、千鳥足という。

万葉鳥図鑑

万葉集の歌には、どんな鳥が詠まれているのでしょうか。今でも馴染みの鳥から、すっかり身近ではなくなった鳥まで、いろんな種類が登場します。当時の鳥に対する感じ方、今とはちょっと違うようです。

鶏（かけ）

コケー

大きさ	？cm
住みか	庭
食べ物	雑食

「庭つ鳥」は鶏の枕詞。古事記にも登場。地鶏に近い品種らしい。

庭つ鳥　鶏の垂り尾の　乱れ尾の
長き心も　思ほえぬかも

巻7・一四一三　作者不明

（庭つ鳥）鶏の垂れた尾の　乱れた尾のように
長生きできるとは　思えないことだ

烏とふ　大をそ鳥の　まさでにも
来まさぬ君を　ころくとぞ鳴く

巻14・三五二一　作者不明

烏という大慌て者の鳥が
確かに来ないあなたを「ころく（来るよ）」と鳴く

可良須（からす）

コロロ…

大きさ	50～57cm
住みか	農耕地・街
食べ物	雑食

ハシブトガラス、ハシボソガラスの区別無くカラスと呼ばれていた。

鴨（かも）

グワッ

大きさ	38～59cm
住みか	湖・河・池など
食べ物	水性植物・種

カモ類の総称。「羽がひ」は風切羽の交差する所。鴨は番でいると思われていた。

葦辺行く　鴨の羽がひに　霜降りて
寒き夕は　大和し思ほゆ

巻1・六四　志貴皇子

葦辺を泳ぎ行く鴨の背羽に霜の降る
寒い日暮れはあの大和が思い出される

ひさかたの　天の川原に
ぬえ鳥の　うらなけましつ
すべなきまでに

巻10・一九九七　作者不明

（ひさかたの）天の川原に
（ぬえ鳥の）心から嘆いておられた
どうにもならない程に

白鷺（しらさぎ）

大きさ	61〜90cm
住みか	水田・河川・湖沼
食べ物	魚・蛙・昆虫など

白い大・中・小のサギの総称。いつもせわしなく餌を探し、動き廻る。

池神（いけがみ）の　力士舞（りきじまひ）かも
白鷺の　桙啄（ほこく）ひ持ちて　飛び渡るらむ

巻16・三八三一　長意吉麻呂（ながのおきまろ）

池神の力士舞だなあ
白鷺が桙をくわえ持って飛び渡っているらしい

奴延鳥（ぬえどり）

大きさ	30cm
住みか	山地の林
食べ物	虫・冬は果物も

トラツグミのこと。四〜七月の繁殖期、夜に鳴く声が物凄く悲しげ。

神奈備（かむなび）の　磐瀬（いはせ）の社（もり）の　呼子鳥（よぶこどり）
いたくな鳴きそ　我（あ）が恋増（こひま）さる

巻8・一四一九　鏡王女（かがみのおほきみ）

神奈備の磐瀬の社の呼子鳥よ
そんなに激しく鳴かないで
私の恋しさも増していくから

喚子鳥（よぶこどり）

大きさ	？？？
住みか	森・山
食べ物	？？？

何の鳥か不明。春〜初夏に山辺を鳴き行くが、声を聞くと苦しくなるらしい。

万葉新聞

鳥号

女性よりもホトトギス？！

大伴家持といえば、有名なのが数々の女性との歌の遣り取りです。でも、家持が密かに愛していたのはホトトギスだったのかも…と思ってしまうほど、この鳥を詠んだ歌がたくさん残っています。

ほととぎす　思はずありき
木の暗の　かくなるまでに　なにか来鳴かぬ

ほととぎすよ、思ってもみなかったよ。木の葉影がこうも暗くなるまで、どうして来て鳴かないのか…。
（巻8・一四八七　大伴家持）

逢いたい…

◆歌数からわかる偏愛

家持が詠んだすべての歌の約十首に一首はホトトギスの歌で、その数六十三首。万葉集に詠まれた鳥で一番多いのはホトトギスですが、家持の歌により半分近く水増しされている状態です。

万葉鳥歌ランキング

ホトトギス	155首
雁	66首
鶴	51首

動物一位の馬でも88首なのに！

この六十三首のうち四十首もの歌は、家持が二十九歳で越中に赴任してからの足掛け六年間で一気に詠まれました。都より北にある越中は春の訪れが遅く、ホトトギスが来ないことを嘆く歌も残っています。最初は妻を置いての単身赴任だったことも重なり、寒く厳しい越中での生活は、ホトトギスの来る暖かい都を懐かしく思い出させ、この鳥に対する愛しさがこうも増したのかもしれませんね。

◆周りも知っていた！　家持のホトトギス愛

優しい気遣い

ほととぎす　鳴きしすなはち　君が家に
行けと追ひしは　至るらむかも

（巻8・一五〇五　大神女郎）

ホトトギスが来たから、すぐに「家持の家に行きなさい」って追っ払ったんだけどそろそろ着いたかしら？

大神女郎（彼女）

友達に嫉妬？！

我がここだ　待てど来鳴かぬ　ほととぎす
ひとり聞きつつ　告げぬ君かも

待っても全然、家にホトトギスが来ない…。でも、君の家には来て鳴いてるんだってね。一人占めして教えてくれないんだね！
（巻19・四二〇八　大伴家持）

ウチにもまだ来ていないのに、家持からこんな歌が送られて来たんです。とばっちりですよ…（苦笑）。

久米朝臣広縄（友人）

有り余る愛ゆえに

橘は　常花にもが　ほととぎす
住むと来鳴かば　聞かぬ日なけむ

橘がずっと咲く花だったらいいよね。そしたら、ホトトギスだって、いつまでも居て鳴いてくれるのにね。
（巻17・三九〇九　大伴書持）

兄はこの歌が余程嬉しかったのか、二首しか送ってないのに、三首も返事をくれました（笑）。

大伴書持（弟）

鳥子記者のひとこと

あの鳥が、いない?!

万葉集の中で鳥が詠まれた歌は三百一首。水鳥では鵜・カイツブリ・白鳥…。身近な鳥ではカラス・鶏…。他にもモズ・鶉・雲雀・ミサゴなど、様々な鳥が詠まれていますが、一番身近なスズメやハトは一首も詠まれていないんです！ あまりにも普通すぎるからなんですかね…。

尋ネ鳥

雨ノ日ニ狩場デ行方不明ニナッタ鷹ノ大黒サンヲ探シテイマス。白キ鈴ヲ付ケタ、トテモ良イ鷹デス。（大伴家持）

宮廷歌人

山部赤人（やまべのあかひと）

生没年不詳

第三期万葉歌人

万葉集中での作品は**聖武天皇の頃の13年間**
天皇の行幸従駕や東国方面への旅の作品など
人麻呂の正統な後継者といわれている
鳥の歌が多い

- 百人一首でも山部赤人「田子の浦に…」
- 山部明人とも書かれる

全歌	50首
長歌	13首
短歌	37首

ホトトギスとともに詠まれる木

卵、預けてます。

（巻9・一七五五 高橋虫麻呂歌集）

ウグイスなどの鳥の巣に卵を預けて育ててもらう、托卵という習性をもっています。

うぐひすの 卵の中に
ほととぎす ひとり生れて
汝が父に 似ては鳴かず
汝が母に 似ては鳴かず
卯の花の 咲きたる野辺ゆ
飛び翔り 来鳴きとよもし
橘の 花を居散らし
ひねもすに 鳴けど聞き良し
賂はせむ 遠くな行きそ
我がやどの 花橘に 住み渡れ鳥

ミニ 万葉鳥図鑑

霍公鳥（ほととぎす）

体長：28cmくらい
科目：カッコウ目カッコウ科
生態：5月中旬頃、暖かい国の方から繁殖に来る

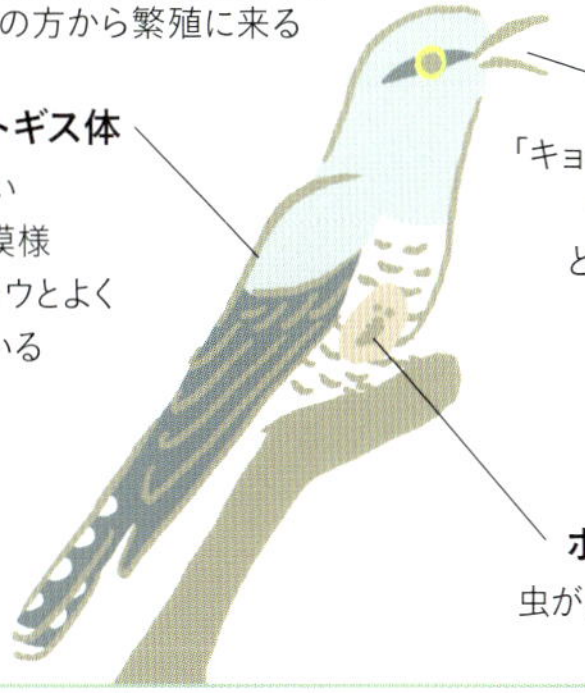

なきごえ
「キョッキョッキョッキョキョキョ」と昼も夜も鳴く

ホトトギス体
細長い
胸に模様
カッコウとよく似ている

ホトトギス胃
虫が大好き・肉食

笑 ユーモア

石麻呂に　我物申す
夏痩せに　良しといふものそ　鰻捕り喫せ

石麻呂尓　吾物申
夏痩尓　吉跡云物曽　武奈伎取喫

16・三八五三　大伴家持

石麻呂に私は申し上げます
夏痩せに良いというものです　鰻を捕って召しあがれ

痩す痩すも　生けらばあらむを
はたやはた　鰻を捕ると　川に流るな

痩々母　生有者将レ在手
波多也波多　武奈伎乎漁取跡　河尓流勿

16・三八五四　大伴家持

痩せに痩せても生きていられたら充分だろうに
もしかして鰻を捕ろうと川に流されるな

鳥子　家持にここまで言われちゃう石麻呂さんの痩せっぷり、見てみたい！（笑）。鰻はこの頃から滋養に良い食べものだったんですね。当時何を食べていたのか、歌から分かるって面白いです♪

先生　栗や瓜を詠んだ歌もあるけれど…

瓜食めば　子ども思ほゆ　栗食めば
まして偲はゆ　いづくより　来りしものそ
まなかひに　もとなかかりて　安眠しなさぬ
（5・八〇二　山上憶良）

▼瓜を食べれば子どもたちが思い出され、栗を食べればなお思いおこされる。どんな縁でここに生まれ来た者か。目の前にしきりにちらつき安眠させないのは。

そもそも**あまり食べ物は歌に詠まない**ね。今でも普段食べている煮付けや炊合せを、わざわざ歌に詠み込まないでしょ（笑）。これは**鰻そのものを詠んだ歌ではない**。夏痩せに良い食べものとして「鰻」が出てくるだけで。
でも、鰻が昔から食べられていたことは間違いない。約五千年以上前の縄文時代の貝塚から、骨が出ているからね。

鳥子　二首目は「はたやはた」って響きが可愛いです。男性が詠んでいると思うとなおさら！

名前が「石」麻呂なのに、「川に流されるかも」って言われているところが面白いです。石麻呂さん、弄られキャラなのかな（笑）。

先生　この「石麻呂」の読みは「いしまろ」と「いはまろ」で割れている。「石」は、「石ころ」の「いし」とも、「石見」のように「いわ」とも読めるでしょ。固有名詞だから一定の読み方があるはずだけど、いくつか選択肢がある場合、当時の読みは復元できない。
でも「柿本人麻呂」の場合、さすがに「じんまろ」じゃなくて、「ひとまろ」で間違いないけどね。

鳥子　良かった、今さら違う名前でなんて呼べないです…。

先生　当時の人の名前は今でも読めないものがたくさんあります。「家持」も本当に「やかもち」でいいのか…。

鳥子　ええっ！ 分からないんですか!?

先生　うーん、通称「やかもち」（笑）。

うまし物(もの)　いづくも飽(あ)かじを
坂門(さかと)らが　角(つの)のふくれに　しぐひあひにけむ

美麗物 何所不レ飽矣
坂門等之 角乃布久礼尓 四具比相尓計六

16・三八二一　児部女王(こべのおほきみ)

素敵な物は誰だって飽きないでしょうに
坂門娘子(さかとおとめ)はなぜ不細工な角さんなんかと
くっついたのかしら

鳥子 この歌はギスギスしていて…女って怖い！「石麻呂に」の歌（38頁）が相手を面白く弄っているのに対して、こっちの笑いはドロリとしたような…。

先生 巻十六には歌だけ読んでも意味の通じないものがあり、その背景は題詞や左注で語られている。物語の一番面白い部分だけを、歌で表現するんだね。この題詞には「児部女王の嗤ふ歌」とある。

鳥子 題詞と歌だけだと、何を嗤ったのか、「角のふくれ」が何なのかよく分かりませんね。

先生 そこで左注を読むと、坂門娘子が高位の美男子の求婚を断って位の低い醜男に嫁ぎ、その男が「角のふくれ」だということが分かる。「ふくれ」は不細工って意味だろう。ハッキリしたことは分からないけれど、今でも「下膨れ」という言い方をするし、顔が膨れていたのかもね。

鳥子 ぽっちゃりさんだった、ってことですか？

先生 太っていた可能性もあるけれど、顔つきの問題じゃないかなあ。当時は食べものが良くないし。左注にも「醜」と同じ意味の「媿」な男とあるしね。

鳥子 身分も低い上に、顔も良くなかったんですね！

先生 要するに、**この坂門の娘さんは、良家の美男子より貧乏なブ男を恋人に選んだ**ってこと。それを知った詠み人の児部女王が「なぁに、あの子。バカじゃないの」って嗤った歌。左注にも「その愚を嗤笑ふ」と書いていますから。

鳥子 思うのは勝手だけど、わざわざ歌に詠むことないのに…直接的な悪口より嫌な感じ！

先生 しかも「愚」と決めつけているしね。結句の「しぐふ」も他に全く出てこない言葉なので意味は分からないけれど、なんていうの、あまり上品な言葉じゃないだろうね。おそらく極めて直接的な表現だったんだろう。

鳥子 そんな角さんを選ぶなんて、坂門娘子は心優しい女性ですよね。万葉版『美女と野獣』かも♪

先生 うーん、歌に表現されていないから、坂門の娘さんが心優しいとは立場上言えないけれど、この二人には幸せになって欲しい気はするな。

我妹子が　額に生ふる　双六の
牡の牛の　鞍の上の瘡

吾妹児之　額尓生流　双六乃
事負乃牛之　倉上之瘡

うちの嫁の　額に生えた双六盤の
大きな牡牛の　鞍の上の瘡蓋

16・三八三八　大舎人安倍朝臣子祖父

我が背子が　犢鼻にする　円石の
吉野の山に　氷魚そ懸れる

吾兄子之　犢鼻尓為流　都夫礼石之
吉野乃山尓　氷魚曽懸有

うちの旦那が　ふんどしにする丸石の
吉野の山に　氷魚がぶら下がっているわ

16・三八三九　大舎人安倍朝臣子祖父

鳥子 額に生える双六盤？ 褌にする円石？ 何のことか分からない！ どちらの歌も、イメージを思い浮かべながら読むと物凄くシュールです。

先生 この二首の題詞には「心に著く所無き歌二首」とある。要するに**「何の意味も無い歌」**ということで、歌の意味が分かっちゃうと意味がない（笑）。でも、それぞれの単語の意味は分かる。一首目の「牡の牛」は原文に「事負乃牛」とあるように「事負ひの牛」が短くなったもので、物をたくさん運ぶことができるゴツイ牛のこと。二首目の「犢鼻」の「犢」は仔牛を表す文字だけれど、仔牛の鼻を正面から見た形に似ていることから、褌のことを表す。「円石」は潰れた石じゃなくて、単に丸い石を指す言葉。「つぶらな瞳」の「つぶら」と同じね。「氷魚」は鮎の稚魚のこと。「吉野の鮎」という歌もあるくらいなので、吉野川の名産品の一つだったんだろうね。

鳥子 それぞれ単語の意味が分かっても、やっぱり意味不明なんですね。でも、歌から浮かぶビジュアルが全然繋がらないのって面白いです（笑）。

先生 そもそもこの歌も左注を読むと、『日本書紀』編纂の総帥でもある舎人親王から、**「意味の無い歌を詠めたらご褒美を与えるよ」と言われて作られた**二首だということが分かる。だけど実は、意味が無いようで、恐らくエッチなことを連想させる歌なんだろうといわれている。どちらもね。

それこそ、**な〜んとなく連想させるような言葉の羅列**があるっていうのが、上手だといわれた理由なんじゃないかな。妻がゴツイ牛のようで、夫の褌に鮎の稚魚がぶら下がっている…。

詠み人の安倍朝臣子祖父さんはこの歌で見事、二千文分の物と銭というご褒美を貰ったと、左注に書いてある。

鳥子 祖父ってことは、おじいさんだったのかしら？

先生 いやいやそれは、漢字に引っ張られすぎ。お年寄りなのではなく「子祖父」さんという人名だよ。

ちなみに二千文ってとてつもないお金で、米にすると百kg分を遙かに越える。だけど、本当に貰ったかどうかも怪しいね。所詮お話だから。

白玉は　人に知らえず　知らずともよし
知らずとも　我し知れらば　知らずともよし

白珠者　人尓不レ所レ知　不レ知友縦
雖レ不レ知　吾之知有者　不レ知友任意　6・一〇一八　元興寺の僧

真珠は人に知られない　知られなくてもよい
知られなくても　私さえ知っているなら
知られなくてもよい

先生　全ての句に「しら（しれ）」があって、同じ響きが続く言葉遊びの雰囲気が濃厚な歌だね。早口言葉みたいだけど。これは題詞に「天平十年戊寅、元興寺のお坊さんが自ら嘆く歌」って書いてあるのね。「自ら嘆く歌」なので、言ってしまえば**自意識過剰なお坊さんの歌**です（笑）。

鳥子　**白珠＝自分**のことなんですね（笑）。自分で納得してそうだけど、これだけしつこく言うからには「知ってよ！」という風に聞こえちゃいます（苦笑）。

先生　左注によれば、このお坊さん「独覚」（独力で悟りを開くこと）で「多智」（智慧が豊富なこと）だったのに、そうと知らない人々がこのお坊さんを軽んじた。そこでこの歌を作ったという。でも他人を気にしているようじゃ、本当の「独覚」とはいえないよね。

鳥子　先生、厳しいですね…！

先生　そうかなあ。自分だけでも自分の価値を分かっていれば、それでいいと思うけど（笑）。

鳥子　そういえばこの歌、他の歌と比べて少しリズムが違いませんか？

先生　そう。これは**「五七七／五七七」のリズムから成る旋頭歌**という形式の歌だね。万葉集には全部で六十一首しかない。**前半と後半で対になることが多く**「五七七」×2で一首。

ところが、旋頭歌には「七五」のセットになる部分が無いから、長歌と同じように衰退してしまったんだ。

鳥子　七五じゃないと、無くなっちゃうんですか？

先生　初期の万葉集の**基本は五七調**なのね。長歌は基本「五七」が繰り返されて「五七七」で終わる。それで短歌も「五七／五七七」と、二句切れの歌がすごく多かった。

でも万葉集も後期になると**「五七五／七七」を中心としたものに変わっていく**。これ以降、今に至るまで七五調が主流になるため、「七五」の部分が無い旋頭歌は衰退するしかなかった。

だから万葉集を…特に長歌を読むときは「五七」で区切ると読み易い。慣れないうちは、五七ごとに線を書き込むと良いよ。

（詳しくは「もっと楽しむ　長歌」94頁にて）

原文おもしろ歌

中国から漢文が輸入されると、当時の人々は自分たちの話し言葉に、漢字を当てていきました。歌の原文から、その苦労や工夫、遊びの跡が見られるものを、クイズ形式にてご紹介！

1 □に入るひらがなを考えてみましょう。ヒントは生き物の音や名前です。

原文 垂乳根之 母我養蚕乃 眉隠 馬声蜂音石花蜘蟵荒鹿 異母二不レ相而

巻12・二九九一

たらちねの 母が飼ふ蚕（こ）の 繭隠り（まよごもり） □□□□□□□□ 妹に逢はずして

答え

馬声 ← い（馬の嘶き（いなな））

蜂音 ← ぶ（蜂の羽音）

石花 ← せ（亀の手（貝））

蜘蟵 ← くも（虫のクモ）

荒鹿 ← あるか（荒い鹿）

2 言葉を数字で表しています。数字の部分を読んでみましょう。

原文 言云者 三々二田八酢四 小九毛 心中二 我念羽奈九二

巻11・二五八一

言（こと）に言へば □□□た□す□ すくな□も 心のうち□ 我が思はな□□

答え

三々二 ← みみ（耳）に

田八酢四 ← たやすし

小九毛 ← すくなくも

心中二 ← 心のうちに

我念羽奈九二 ← 我が思はなくに

短歌 文字数の一番少ない歌、多い歌

◆最少10文字

春楊 葛山 発雲 立座 妹念

春柳（はるやなぎ） 葛城山（かづらきやま）に 立つ雲の
立ちても居（ゐ）ても 妹（いも）をしそ思ふ

巻11・二四五三 作者不明

（春柳）葛城山に立つ雲のように 立っても座っても 君をこそ思う

◆最多34文字

佐射礼伊思尓 古馬手波佐世弖 己許呂伊多美 安我毛布伊毛我 伊敝能安多里可聞

小石（さざれいし）に 駒（こま）を馳（は）させて 心痛（いた）み
我（あ）が思（も）ふ妹が 家（いへ）のあたりかも

巻14・三五四二 作者不明

砂利道で若い馬を走らせ 幾つも傷がついたように 心を痛めて私が想う 君の家の辺りであるよ

3 次は数字の応用。掛け算も使って解いてみましょう。

原文 巻11・二五四二

若草乃 新手枕乎 巻始而 夜哉将レ間 二八十一不レ在国

若草の 新手枕(にひたまくら)を まきそめて 夜をや隔(へだ)てむ □□□あらなくに

答え 二 ⇦ に　八十一 ⇦ 九×九＝くく ⇩ 憎(にく)く

4 今度はダジャレ問題。原文の漢字二字を予想してみましょう。

原文 巻12・二九三三

念管 座者苦毛 夜干玉之 夜尓至者 吾社□□

思ひつつ 居れば苦しも ぬばたまの 夜に至らば 我こそ行(ゆ)かめ

答え 行(ゆ)かめ → ゆかめ ⇦ 湯亀

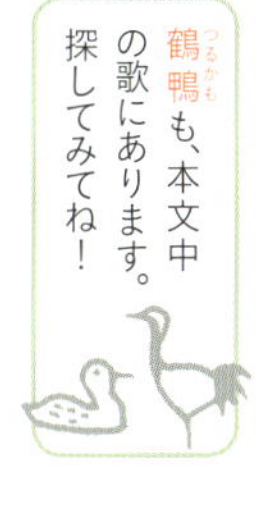

5 最後は難問！ 漢文読みをすると、一文字の漢字が浮かんでくるはず…！

原文 巻9・一七八七

…毎レ見 恋者雖レ益 色二山上復有山者 一可レ知美…

…見るごとに 恋はまされど 色に□ば 人知りぬべみ…

答え 山ノ上ニ復有レ山 ⇩ 山の上にまた山あり ⇩ 山山 ⇩ 出(いで)

母音

昔は母音が多かった?!

古代日本語には母音が八つあったとされています。今と同じアイウエオの音の他に、イエオの音のうちのいくつかには、**二種類の発音に区別されていた**ものがありました。

漢字の使い分けから、次の十三の音（それぞれの濁音も含め）が分かっています。

イ音 キ（ギ）・ヒ（ビ）・ミ

エ音 ケ（ゲ）・ヘ（ベ）・メ

オ音 コ（ゴ）・ソ（ゾ）・ト（ド）・ノ・モ（古事記のみ）・ヨ・ロ

どんな音だったかは分からないので、二種類それぞれを**「甲・乙」に分類**して、「コ」なら「甲類のコ」「乙類のコ」と区別しています。これを**《上代特殊仮名遣い》**と呼びます。

甲類のコ 孤・古・故… 恋(こひ)＝孤悲

乙類のコ 己・許・去… 心(こころ)＝己許呂

＊恋に使う「孤」を、心には使いません。

鹿と蟹のために痛みを歌う

鹿と蟹の目線で詠まれた歌を、ご存じですか？

題詞には「乞食者（こつじきしゃ）」と呼ばれる芸能集団の歌二首と書かれています。当時は詠み人が鹿と蟹に扮し、大君やその家臣など、大勢の前で面白おかしく演じられていたのでは、とも考えられています。

どちらも、死んで大君の役に立つ喜びを語る物語になっており、鹿と蟹のポジティブな思考に驚きを覚えます。それぞれの話を追ってみましょう。

大君が君をお召しだよ

どうして私を召すのかな？歌人に？笛吹きに？琴弾に？とにもかくにも参ります！

蟹の場合

難波ノ蟹

私ヲ食ベテ♡

小江ノ塩汁ト、陶工ノ瓶ニテ漬ケマシタ。韓臼、手臼ノ二度引キ仕上ゲヲ味ハヒタマヘ。

万葉物産

その後の鹿は…

- 角 → 笠の飾りに
- 耳 → 墨入れに
- 目 → 鏡に
- 爪 → 弓を掛ける部分に
- 毛 → 筆に
- 皮 → 箱の貼り皮に
- 肉 → なますに
- 肝 → なますに
- モツ → 塩辛に

老いた私の身ひとつに
七重の花が咲く
八重の花が咲くと
大君に申し上げて
褒めてください
褒めてください

（巻16・三八八五　作者不明）

その後の蟹は…

大君の元への道のり

難波（なにわ）◀ あすか ◀ 置勿（おくな）◀ 都久怒（つくの）◀ 内裏の東の中の御門

楡の木を剥ぎ垂らした物で括られ
毎日 日干しにされ
韓臼で搗（つ）かれ
庭の手臼でも搗（つ）かれたら
難波の小江（おえ）産の塩汁を垂らされて
陶工（すえひと）が作った瓶を持ってきて
最後に目に塩を塗られました

こうして運ばれた後…

大君が私を
召し上がる
召し上がる

（巻16・三八八六　作者不明）

いきもの歌

蝉は、ひぐらし♪

全9首。いろんな蝉がいるにも関わらず、万葉集には「ひぐらし」しか名前が出てきません。

夕影に　来鳴くひぐらし　ここだくも　日ごとに聞けど　飽かぬ声かも

夕暮れの日射しに来て鳴くひぐらしは、こんなにも毎日聞いても飽きない声だなあ。

（巻10・二一五七　作者不明）

蝶の歌は一首も無い！

コオロギじゃないよ

「こほろぎ」は、全7首。今のコオロギだけでなく秋に鳴く虫の総称でした。

駒って？

古くは仔馬の意味で用いられていました。赤駒・青駒といった表現も、歌の中で見られます。

蚕は繭隠り

全3首。絹を作るため蚕を飼っていました。

たらつねの　母が養ふ蚕の　繭隠り　隠れる妹を　見むよしもがも

（たらつねの）母が飼う蚕が繭に隠るように、籠ったままの君を、見る手立てがないものだろうか。

（巻11・二四九五　作者不明）

鹿ノ塩辛
鹿先生、号泣ノ味…!! 今夜ノ、オ酒ノ、オ伴ニ。
私ガ調理サレマシタ
万葉物産

ムササビも身近に…

全2首。「鳥待つ」は、「相手の気持ちが変わるのを待つ」ことの譬えだそうです。

三国山　木末に住まふ　むささびの　鳥待つごとく　我待ち痩せむ

三国山の梢に住むムササビが鳥を待つように、君の心が変わるのを待って、私は痩せるのだろう。

（巻7・一三六七　作者不明）

カエル歌、多し

全19首。「かはづ」とはカジカガエルのこと。フィーフィー♪と、鹿のような鳴き声が美しいことで有名です。

かはづ鳴く　六田の川の　川楊の　ねもころ見れど　飽かぬ川かも

蛙の鳴く六田の川の、川柳の根のように熱心に見ても飽きない川だなあ。

（巻9・一七二三　作者不明）

「かはづ鳴く」が多いけれど、「かはづ騒く」「かはづ妻呼ぶ」といった表現も。中には「清き川原に鳴く千鳥　かはづと二つ」と、鳥との合唱を詠んだ歌も残っています。明日香川など有名な川の名前と共に詠まれることが多いようです。

そのほか、歌に詠まれた動物たち

馬（駒も含む）	95首
鹿	67首
牛	3首
虎	3首
犬	3首
兎	1首
狐	1首
猿	1首
熊	1首

無常

世の中を　何に喩へむ
朝開き　漕ぎ去にし船の　跡なきごとし

世間乎　何物尓将レ譬
旦開　榜去師船之　跡無如

3・三五一　沙弥満誓

世の中を何にたとえよう
朝に湊を漕ぎ出た船の
跡がないようなものだ

自然と情景が浮かんでくるような
この歌は、沙弥満誓というお坊さんによって詠まれました。本名は笠朝臣麻呂（かさのあそみまろ）。出家前から切れ者として有名だったそうです。

出家後は、筑紫（現在の九州北部）に観世音寺を建てるという新規プロジェクトのリーダー的存在として派遣され、活躍しました。

後に大宰府に赴任してきた大伴旅人とは、役職は違えど歌を通じて親しく交流し、二人の歌の遣り取りがいくつか残っています。（85頁に二首）

彼の歌からは、穏やかでどこか温かな視点を感じ、歌によってはユーモアのある人柄だったのでは…とも思わせてくれます。

巻向の　山辺とよみて　行く水の
水沫のごとし　世の人我は

巻向之 山辺響而 往水之
三名沫如 世人吾等者
7・一二六九　人麻呂歌集

巻向の山辺を響かせて流れ行く水の
泡のようなものだ
この世に生きる我々は

水泡なす　仮れる身そとは　知れれども
なほし願ひつ　千年の命を

美都煩奈須 可礼流身曾等波 之礼々杼母
奈保之祢我比都 知等世能伊乃知乎
20・四四七〇　大伴家持

水泡のような儚い身だとは知っていても
それでも願ってしまう
千年の命を

鳥子 人を泡に喩え人生の儚さを詠んだ、人麻呂・家持の無常歌対決ですね！

先生 うーん、そもそも「無常」は仏教用語なので、人麻呂の歌に仏教の思想が入っているかどうかは微妙だな（笑）。結果的に無常観を詠んでいるけどね。

鳥子 無常って難しい… でも人麻呂の歌は、言葉の選び方がステキです♡「水沫」は、泡のことなんですね。

先生 「みなわ」は元々「みのあわ」だった。**日本語は母音が二つ繋がることを嫌がる**ので、どちらかが脱落するのね。「minoawa」は「oa」の「o」が脱落して「minawa」になった。これを**母音脱落**といって、大体前の母音が脱落する。

鳥子 面白い法則！ 結句の「我」は自分のことですか？

先生 「我」は一般化された一人称の「我々」のこと。原文を見ると「我等」とある通り「我々は皆、山を揺らさんばかりにバーっと流れている水の泡だ」と。**「水沫」に人間っていうものを見出した**んだね。この「でっかいもの（山）」と「小さいもの（水沫）」の対比は凄い！ こういう表現はやっぱり大したもんだよ。

鳥子 家持の歌は、「儚（はかな）い身ながらも長寿を願う」という人間らしさに親しみを覚えます。「なほし」という表現が切実ですね…。

先生 **こっちも無常観とは随分遠い。**仏教的には、人は死んだら輪廻転生するので、永遠の命を願う必要はない（笑）。ただ、この時の**家持の政治的状況は大変**でね。若い頃から仕えた聖武天皇が崩御（ほうぎょ）するわ、更に身内が謀反の罪で捕まるわという、極めて不安定なものだった。その上、病まで患っていた。「これからどうしよう」っていう気持ちは良く分かる。

鳥子 うわあ…状況を知ると、ますます歌が心に響いてきますね…（涙）。先生はこの歌対決、どちらに軍配を上げられますか？

先生 諦められない家持の気持ちには強く共感するけれど、結句まで読んで初めて歌の全貌が分かるという、優れた構成を持つ人麻呂の圧勝だな！ 山と泡の大小の対比も秀逸だったしね。

鳥子 先生の人麻呂愛に完敗ですね（笑）。

この世にし　楽しくあらば
来む世には　虫に鳥にも　我はなりなむ

今代尓之 楽有者
来生者 虫尓鳥尓毛 吾羽成奈武

3・三四八　大伴旅人

この世では楽しくいられるなら
あの世では虫でも鳥でも私はなろう

生ける者　遂にも死ぬる　ものにあれば
この世にある間は　楽しくをあらな

生者 遂毛死 物尓有者
今生在間者 楽乎有名

3・三四九　大伴旅人

命ある者は いずれは死にゆくものだから
この世にある間は楽しくありたい

鳥子　「先の事は分からないから、今を楽しくやろう！」こういうことは、今の時代を生きる私たちも考えますよね。特に二首目は、生涯付き合いたいと思える歌です♪

先生　そうだね。これは大伴旅人が詠んだ**「酒を讃む歌十三首」**の中の二首。宴の席で詠んだのかも知れないけれど、きちんと作られているから後でまとめたんだろうと思う。

鳥子　お酒の席で、無常の歌が詠まれるんですか？

先生　うーん、**本当は酒と無常は同居してはいけない**んだけどね。だって、仏教ではお酒を飲んでは駄目だから（笑）。
まあ、当時の日本は仏教国家といってもいい状況だったけれども、個人まで仏教の影響にあったのかどうかは別問題。だから…酒の席で無常観の入った歌が詠まれても良いとは思うんだけどね。

鳥子　二首目の歌の「楽しくをあらな」の、「な」はどんな意味ですか？

先生　額田王の歌の「な」と同じと考えると良いよ。

熟田津に　船乗りせむと　月待てば
潮もかなひぬ　今は漕ぎ出でな　（一・八）

▼熟田津で船出をしようと月の出を待っていると、幸い潮も満ちて来た。さあ、漕ぎ出そう。

「〜**しましょう」という意味**。「楽しくをあらな」の場合は、「楽しくありましょう」では変なので、「楽しくあるといいなあ」くらいの意味だね。

鳥子　「な」は、前に来る言葉を肯定するんですね。

先生　そう。それから、旅人の歌には※**シク活用形容詞**が多い。もう一つの**ク活用形容詞**は「高くなる・低くなる」のように、**客観的な言い方が多い**のね。でもシク活用形容詞は「寂しくなる・愛しくなる」のように、**自分の気持ちを表すものが多い**。だから彼の歌は、感情表現豊かに感じるんでしょう。

鳥子　気づかなかった！　これから注目して読んでみます。

※「楽しく」など、語尾が「シク」に活用する形容詞のこと。

うらうらに　照れる春日に　ひばり上がり
心悲しも　ひとりし思へば

宇良宇良尓　照流春日尓　比婆理安我里
情悲毛　比登里志於母倍婆

19・四二九二　大伴家持

うららかに照る春の陽に
ひばりが鳴きあがり 心は悲しいことだ
独りだと思うと

鳥子 物悲しい時に、ふと思い出して口ずさんでしまう、私の哀愁ソングです。

先生 うん。でもこれは「無常」といっていい歌かな？ まあ、家持の傑作だし…いいことにしておこう。

鳥子 のどかな景色と相反する心が、切ないですね。

先生 この歌、ヒバリが全く見えなくて、見えているのは「うららかに照る春の光」だけ。そこに、空の彼方からヒバリの声が聞こえてくる。この表現と構成力は素晴らしいよ。

鳥子 すごい！ こういう「**見えないけれども聞こえる**」という感じ、家持は好きですよね。

「飛び」でも、「鳴き」でもなく、「上がり」というのが、空高く上ってさえずるヒバリの様子をうまく表しているなあって思います。

先生 「上がる」は、一挙に高い所まで辿り着く様子を表しているからね。

そしてこの歌の大きなポイントは、もう一つ「ひとりし思へば」のところにある。一般的に「**ひとり**」には**二種類あ**るといわれる。「**無人島の孤独**」と「**満員電車の孤独**」の二つ。

無人島に行くと本当に孤独だよね。ロビンソン・クルーソーみたいに。でも、満員電車で周りが知らない人ばかりの時も、我々は孤独を感じる。この歌は一般的に、後者の「満員電車の孤独」を日本で最初に詠んだ歌だといわれている。

俺はそうは考えないけどね。

鳥子 満員電車の孤独…確かに！ 私もそういう「ひとりぼっち」だと思っていました。先生は？

先生 やっぱり「二人に対する一人」、つまり「恋人がいない」という意味の孤独だと思う。

これは意見が分かれるところだけれど、**万葉集の「ひとり」っていうのは、大概「二人に対する一人」**を表してるんでね。

ヒバリ

留鳥。大きさ17cm程。春に繁殖期のなわばりを宣言するため、さえずり飛翔をする。

原文では「比婆理」。『古事記』にも同じ漢字で「雲雀は天に翔る」と書かれています。

伝説歌

浦島子の話

昔話の中でも有名な「浦島太郎」。万葉の頃には既に各地で語られる伝説となっており、『日本書紀』などにも載っています。万葉集・高橋虫麻呂版のお話を見てみましょう。

春の日の　霞める時に　墨吉の　岸に出で居て
釣舟の　とをらふ見れば　古の　ことそ思ほゆる
水江の　浦島子が　鰹釣り　鯛
釣り誇り　七日まで　家にも来ず
て　海界を　過ぎて漕ぎ行くに
海神の　神の娘子に　たまさかに
い漕ぎ向かひ　相とぶらひ　言成
りしかば　かき結び　常世に至り
海神の　神の宮の　内の重の　妙
なる殿に　携はり　二人入り居て
老いもせず　死にもせずして　永
き世に　ありけるものを
世の中の　愚か人の　我妹子に
告りて語らく　「しましくは　家に
帰りて　父母に　事も語らひ　明
日のごと　我は来なむ」と　言ひけ

こんな霞が懸かっている春の日に
住吉の岸辺で釣舟が
プカプカしてるのを見ていると
昔の話を思い出すなあ…

一

むかしむかし
水江に住む浦の島子が
七日も家に帰らず
鰹や鯛を釣りながら
遠く遠く海の境を
過ぎてまで
漕いで行きますと…

そこで海神の娘子に出会いました
二人は恋に落ち すぐに結ばれて
常世にある海神の宮の奥で
一緒に住むことになりました
その不思議な御殿に住む限り
老いたり死んだりせず
永遠に生き続けられるのです

二

れば　妹が言へらく「常世辺に
また帰り来て　今のごと　逢はむ
とならば　この櫛笥　開くなゆめ」
と　そこらくに　堅めしことを
墨吉に　帰り来りて　家見れど
家も見かねて　里見れど　里も見
かねて　怪しみと　そこに思はく
家ゆ出でて　三年の間に　垣もな
く　家も失せめやと　この箱を
開きて見てば　もとのごと　家は
あらむと　玉櫛笥　少し開くに
白雲の　箱より出でて　常世辺に
たなびきぬれば　立ち走り　叫び
袖振り　臥いまろび　足ずりしつつ
たちまちに　心消失せぬ　若かり
し　肌も皺みぬ　黒かりし　髪も
白けぬ　ゆなゆなは　息さへ絶えて
後遂に　命死にける

水江の　浦島子が　家所見ゆ

三

しかし 浦の島子は普通の愚かな人間です
「父母に会って このことを話したい
すぐに帰ってくるから」
と娘子に言いました

娘子は仕方なく
「もしまたここに
帰って来たいのなら
この櫛笥を決して
開いてはいけませんよ」
ときつく言いきかせて
浦の島子を送り出しました

四

さて 住吉に帰ってきた
浦の島子ですが
いくら探しても
家が見つかりません
里すらありません

「おかしい 三年でこんなに
変わるものだろうか
この箱を開いて見たら
すべて元通りに
なるんじゃないか」
と娘子からもらった
櫛笥を少し開くと…

五

わっと白雲が箱から湧き出て
あたり一面に広がりました
驚いた浦の島子は
走り叫び 袖を振って
転んでも足を引きながら走り
ついに気を失いました

若かった肌はシワシワになり
黒かった髪は白くなり
とうとう息も絶えて
死んでしまいましたとさ

…って話にある浦の島子の
住んでいた家のあたりが
見えるんだよね～

巻9・一七四〇　高橋虫麻呂

万葉新聞
七夕号

秋の夜空に、月の舟漕ぐ。

七夕は、牽牛織女を祭る秋の行事。元は中国の「七夕伝説」（織女星が天の川を渡り牽牛星に逢う）だといわれています。

日本では妻問婚の習慣から、牽牛星が織女星に逢いに行く話に変化し、たくさんの歌が詠まれました。

天の川　梶の音聞こゆ　彦星と　織女と　今夜逢ふらしも

天の川に梶の音が聞こえる。彦星と織姫とが今夜逢うのだろう。（巻10・二〇二九　人麻呂歌集）

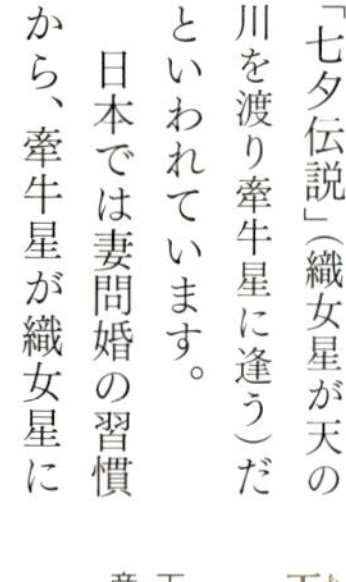

7日の月は半月。だから、彦星の乗る「月の舟」の形は半円なんだそうです。

◆月人壮士って、誰？

万葉集の七夕歌に多く登場する、この謎の人物。月を擬人化し、若い男に見立てたものです。桂の梶で月の舟を漕ぐ様子や、何を射ようとしていたかは分かりませんが、三日月の白真弓を引いて隠れる様子など、幾つか歌が残っています。

天の原　行きて射てむと　白真弓　引きて隠れる　月人をとこ

天空に行って射てしまおうと、白木の弓を引き絞ったまま隠れている月の若者よ。（巻10・二〇五一　作者不明）

◆月に届け！

月人壮士に呼びかける歌も、幾つかあります。「月人」「月読壮士」「ささらえ壮士」など別の呼び名もあり、毎夜顔を合わせる月に、万葉の人々は今よりも親しみを持っていたようです。

天にます　月読をとこ　賂はせむ　今夜の長さ　五百夜継ぎこそ

天に居られる月読おとこよ、贈り物を差し上げます。どうか今夜の長さを五百夜、つなぐ程にして下さい。（巻6・九八五　湯原王）

月のかたち、月の歌

三日月

三日月は初めて月が見えることから「初月」とも呼ばれ、次の二首は題詞に「初月歌」と記されている歌です。弦を張った弓の形に似ているので「白真弓」、眉毛の形にも似ているので「三日月の眉」とも詠まれています。

天の原　振り放け見れば　白真弓　張りてかけたり　夜道は良けむ

天空を振り仰いで遙かを眺めれば、白木の弓のような三日月が弦を張り、空に架かっている。夜道は良いだろう。（巻3・二八九　間人大浦）

月立ちて　ただ三日月の　眉根掻き　日長く恋ひし　君に逢へるかも

月が変わって、ただ三日月のような細い眉を掻き、長く恋焦がれていたあなたに、やっとお逢いできました。（巻6・九九三　大伴坂上郎女）

夕月夜

月が見える夕べは「夕月夜」と詠まれています。

柿本人麻呂（かきのもとのひとまろ）

宮廷歌人

生没年不詳

第二期万葉歌人

公的・私的な歌から素材まで、内容幅広く作歌
作品の多くは持統〜文武期の11年間
万葉歌人中No.1歌上手。オリジナル表現も開発
歌聖と呼ばれ、彼を祭る神社もある
柿本人麻呂歌集は万葉集編纂資料となった

・石見国没と伝わる
・百人一首でも柿本人麻呂「あしびきの…」

全歌	87首
長歌	20首
短歌	67首

鳥子記者のひとこと

月を読む神

月読命（つくよみのみこと）は、『古事記』にも登場する、夜の国を治める神様です。高天原（たかまのはら）を治める天照（アマテラス）（強い）を姉に、海原を治めよと命じられたスサノオ（乱暴者）を弟に持つ、少し地味な真ん中っ子。特にエピソードもありませんが、『日本書紀』には様々な食物を生み出す話が載っています。「月を読む」とは、暦のこと。当時は月の周期で暦を作っていました。

七月七日は相撲（すまひ）の日

七夕は天皇が宮廷で相撲をご覧になり、臣下たちが宴を催す日でもありました。「すもう」ではなく「すまひ」で、元々は神事でした。

月ニアル水ハ変若水トイヒ、霊薬トシテ伝ヘラレテキマシタ。月ハ欠ケテハ満チ、永遠ノ再生ヲ繰リ返ス存在。ソノ不老エッセンスヲ、貴女ニ…。

forever beauty
forever life
変若水
wochimidu

七夕の夜空

織女星（琴座のベガ）
彦星（鷲座のアルタイル）
天の川

夕月夜（ゆふづくよ） 心もしのに 白露の 置くこの庭（には）に こほろぎ鳴くも

夕月夜、心がせつなくなるほどに、白露の置くこの庭にコオロギが鳴いていることよ。
（巻8・一五五二 湯原王（ゆはらのおほきみ））

望月

「望月」は満月のこと。まだお月見の習慣は無かったそうです。

…望月の 足れる面（おも）わに 花のごと 笑みて立てれば…

…満月のように満ち足りた丸い面差しで、花のごとく微笑み立っていると…
（巻9・一八〇七 高橋虫麻呂（たかはしのむしまろ））

有明の月

「有明の月」とは、夜が明けても空に残っている月のことです。

白露を 玉になしたる 九月（ながつき）の 有明の月夜（つくよ） 見れど飽（あ）かぬかも

白露を真珠のように見せる九月の有明の月は、どれほど見ても飽きないものだ。
（巻10・二二二九 作者不明）

月明りを頼りに恋人の元へ通う人々にとって、月は心待ちの灯りだったのでしょうね。

夢

み空行く 月の光に
ただ一目 相見し人の 夢にし見ゆる

三空去 月之光二
直一目 相三師人之 夢西所レ見 4・七一〇
安都扉娘子

美しい空を行く月の光に
ただ一度 お逢いした方が
夢に見えます

鳥子 月の光の下でちらりとお目にかかった相手が、夢に出てきてくれるなんてロマンチック…。私の夢にもそんな相手が出てきて欲しいです！

先生 ずいぶんと少女漫画な解釈だなあ（笑）。「相見し」っていうのは、見合っただけでなくて、概ね「共寝をする」という意味なんだよ。

鳥子 ええっ?! 思っていたより深い関係の歌なんですね。たった一夜の関係だったのに夢にまで見るなんて、そんなに相手のことが忘れられなかったのかしら。

先生 この時代の夢は、**大概相手が自分のことを想ってくれているから夢に出てくる**。いわゆる我儘（わがまま）夢パターンね。また、**自分が想うから相手が出てきちゃう夢もある**。両方あるのが面白い。

鳥子 万葉の頃は、夢にそんな意味があると思っていたんですね！

先生 作者不明の歌は「夢に出てきて欲しい」ものが多く、作者が分かっている歌は「我儘夢パターン」が多いという特徴もあるね。時間軸で見ると、この歌の中には**二つの時間が存在している**。「月の光の中で一度だけ逢った」という「**過去の時間**」と、「夢にし見ゆる」と詠んでいる「**現在の時間**」。そういう視点も加えて見ると、歌が立体的に見えてくるね。

鳥子 そういえば「夢」の読み仮名は、なぜ「ゆめ」ではなくて「いめ」なのでしょうか？

先生 **「い」は睡眠のこと**で、**「め」は目**。眠っている「い」の時に見えるので「いめ」という。いびきは「い」の状態でかくから「いびき」だしね。

鳥子 「い」が「ゆ」に変化したんですか？

先生 現在でも「いく」「ゆく」（行く）、「いう」「ゆう」（言う）のように、**「い」と「ゆ」は交じりやすい**。その中で「夢」の「いめ」も「ゆめ」と混じってしまったのだろうね。

※夢の通い路って上代にあったのでしょうか？

無いねー。平安時代以降だなあ。

※**夢の通い路**…夢の中で想い合う男女が往き来する道。

夢(いめ)の逢(あ)ひは　苦(くる)しかりけり
おどろきて　掻(か)き探(さぐ)れども　手(て)にも触(ふ)れねば

夢之相者　苦有家里
覚而　掻探友　手二毛不レ所レ触者

4・七四一　大伴家持(おほとものやかもち)

夢の逢瀬は苦しいものだ
目が覚めて 掻き探っても
君が手にも触れないから

鳥子 二人で逢っている夢の中から、ハッと目覚めてひとりぼっちの現実に戻る表現に、胸がギュッと締め付けられました。「掻き探れども」の言い回しに、切なさ倍増です…。

先生 うん。まあ、こういう**「目覚めても君がいない」的な表現の歌はよくある**んだけれどね。

鳥子 そんなに恋人と夢で逢えるなんて！ これは、前の歌で出てきた「我儘夢パターン」の方ですよね。「相手が想っているから夢に出てきてくれる」って、ものすごく都合の良い解釈…。

先生 そうだね。でも「我儘夢」すごく多いよ。

鳥子 そうなんですね！ 皆ポジティブ…。文法で難しいって思うのが「苦しかりけり」の「けり」なんです。「苦しいものだった」と訳して良いのでしょうか？

先生 いや、そういう「昔おとこありけり（昔男がいました）」っていう過去の「けり」はこの時代にはほとんどなくて、**基本的にハッと気づく「けり」が多い**。「夢の逢ひはなんて苦しいことなんだ…とハッと気づく」というね。気づいたのは、「目が覚めて、探しても居ない」時とほぼ同時。

鳥子 過去ではなく、気づきの「けり」なんですね。そういえば、この二首は恋に関する夢ですが、恋以外に夢を見ることはあったのでしょうか？

先生 あるよ。基本的に万葉集には恋の歌が多いので、夢の歌も恋の歌に圧倒的に偏る。どういう夢を見ていたかは分からないけれど。ただ、**「神様のお告げを夢で見た」**という内容の歌も残っている。

鳥子 夢で好きな人に逢うのも嬉しいけれど、神様のお告げも見てみたいなあ。そういえば家持は、いろんな女性と恋の歌を遣り取りしたプレイボーイだってよく本に書いてありますけれど…。

先生 奥さんや叔母さんなど、色々な女性に歌を贈っている。けどそれね、ほとんどふざけて遣り取りしているだけだから。全部本気にしちゃダメだよ（笑）。

鳥子 そうなんですね…本気じゃないにしても、おふざけで遣り取りができる女性がたくさんいたなんて、家持は愛されキャラだったのかな…。

忘れ草　垣もしみみに　植ゑたれど
醜の醜草　なほ恋ひにけり

萱草 垣毛繁森 雖二殖有一
鬼之志許草 猶恋尓家利

12・三〇六二　作者不明

忘れ草を垣までびっしり植えたのに
バカなバカ草 なおいっそう恋しい

鳥子 「『忘れ草』って名前のくせに全然忘れられないじゃないの!」なんて、草のせいにして（笑）。「醜の醜草」と言葉を重ねているところも愛らしいです。

先生 これは男女どちらの歌かは分からないけれど、「醜の醜草」は「おバカなバカ草」といった言葉遊びだね。重ね言葉で面白がっている。「醜（しこ）」は、もともと「醜（みにく）い」という意味の言葉だけどね。

鳥子 「しみみに」の表現に、たくさん植えた感じが出ていますよね。「びっしり植えたのに!」って。

先生 これは「占有する」という意味の「占（し）む」と関係があるといわれている。元は「しみしみ」だったのが、二度目の上の音が脱落し、「しみみ」になったのだろうと。「うらうら」が「うらら」とかね。

ノカンゾウ

ヤブカンゾウ（八重咲）

どちらが「忘れ草」かはわからない

鳥子 「忘れ草」は、具体的にどの草なのか分かっているんですか?

先生 **「萱草（かんぞう）」**だといわれているね。身に付けたり植えたりすると「忘れられないことも忘れられる」。もっと言うと、「恋の憂さを忘れさせてくれるのは忘れ草だ」と。で、**詠まれる時には「なのに忘れられない」**となる（笑）。

鳥子 お決まりのパターン!
これは、※**「恋忘れ貝」**（70頁）にも通じますね。

先生 そうそう。で、この歌は**「寄物陳思（きぶつちんし）」**（136頁）の歌。書き下すと「物に寄せて思いを述べる」なので、ここでは「忘れ草」という物に寄せて歌っている。
「忘れ草」は、たいてい相手を比喩するか、自分を比喩するのね。この場合だと自分が重なっていて、「醜の醜草」は、「バカな草だよ」って言いながら、「俺もバカだなあ。なほ恋ひにけりだ」という意味がかぶってくるんだね。

鳥子 なるほど! 分かります、その気持ち（笑）。

※恋忘れ貝…拾えば忘れたいことを忘れられる貝。

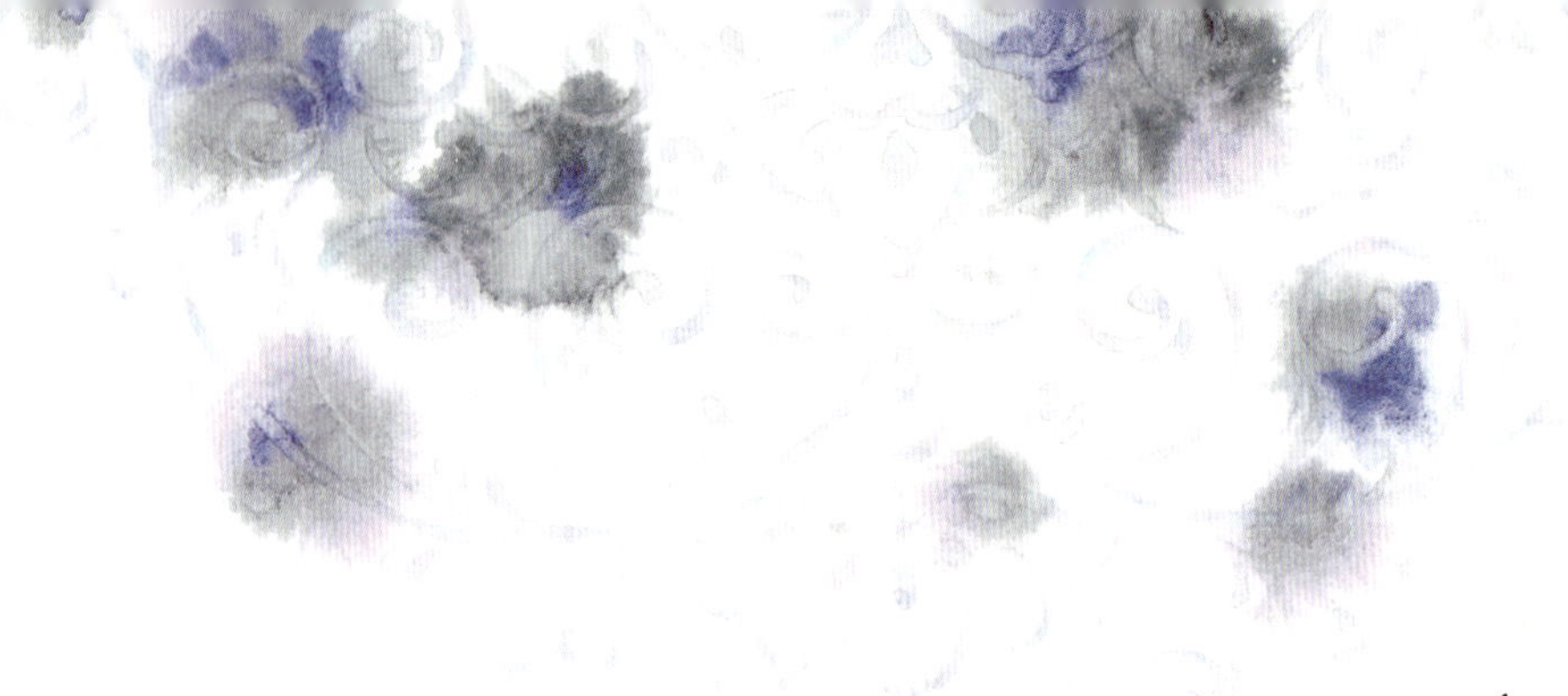

相思はず　君はあるらし
ぬばたまの　夢にも見えず　うけひて寝れど

不ニ相思一　公者在良思
黒玉　夢不レ見　受旱宿跡　11・二五八九　作者不明

私を思わないであなたはいるのですね
（ぬばたまの）夢にも見えません
神に願をかけて寝るけれど

鳥子 想い人を夢で見たかったのに、見れなかったなんて。片想いなのね…。何かを願かけていたんですか？

先生 そうだね。結句に「うけひて」とあるので、この女の人は「うけひ」をしたのね。内容までは分からない。「うけひ」て寝たけれど、夢には出てこなかった。

「祈誓（うけひ）」
Whichで聞いて、現象でもって当てる

もしもAがBであれば、CはDせよ。という形式の占いです。
古事記の話では、口の利けない子供がいて、「出雲の神（A）を祀（まつ）ることで、この子が口を利く（B）ようになるのであれば、あの木に巣を作っている鷺（C）よ、落ちよ（D）！」と言って、鷺が落ちたら出雲の神を祀ります。

鳥さん、とばっちり…

鳥子 「君はあるらし」の「らし」は、「…だろう」の意味の推量ですよね。「あなたは私のことを想ってくれていないのね」という内容ですけど、この歌を相手に贈ったのでしょうか？

先生 うーん、実際には贈っていないんじゃないかな。贈られても困るしね（笑）。
恋の歌（相聞歌）の基本は遣り取りなんだけど、万葉集の後期、**奈良朝になってくると単独の歌がすごく増える**。返事のない歌ね。
さらに平安朝になると、単独の歌は「独りで歌を作っている」という意味で**「独詠歌（どくえいか）」**という言い方をするようになる。この歌も独詠歌に近いんじゃないかな。

鳥子 大伴家持なんて、わざわざ「独り詠む」と題詞に書いてから詠んでますもんね。

先生 実際に歌を遣り取りするわけではなく、自分自身の気持ちのためだけに詠まれるようになるんだね。

おまじない

今も昔も占い好き!?

受験にはカツ丼、とりあえず持つ恋愛成就のお守り…。今も験担ぎをしますが、万葉時代も同じだったようです。ちょっと変わった「おまじない」事情、覗いてみませんか？

夢で逢いたい

袖返

巻十一　二八一二

我妹子に　恋ひてすべなみ
白たへの　袖返ししは　夢に見えきや

作者不明

君が恋しくて仕方ないので
（白たへの）袖を折り返して寝たけれど　夢に見えましたか

○袖を折るか裏返して寝るべし
○さすれば想ひ人の夢に出づべし

この恋、忘れます

恋忘貝

巻七　一一四七

暇あらば　拾ひに行かむ
住吉の　岸に寄るといふ　恋忘れ貝

作者不明

暇があれば拾いに行きたい
住吉の岸に寄せるという　恋忘れ貝を

○二枚貝の片割れの無きものや　一枚貝を言ふなり
○拾ひ持てば　辛き恋をも忘らるるものなり

占い、いろいろ…

〈夕占〉〈水占〉〈石占〉〈夢占〉〈肩焼き〉など、色々な占いがありましたが、その実態はよくわかっていません。

大船の　津守が占に　告らむとは　まさしに知りて　我が二人寝し

巻2・一〇九　大津皇子

（大船の）津守ごときの占いに出てしまうとは　当然知った上で私たちは二人寝たのだ

男らしい開き直り！

「津守」は、本来港の管理者という意味。住吉大社の神主も津守氏なんだよ。

想い人に逢える兆し

鼻ひ

巻十一　二四〇八

眉根掻き　鼻ひ紐解け　待つらむか
いつかも見むと　思へる我を

人麻呂歌集

眉を掻きくしゃみをして紐も解けて待っているのだろうか
早く逢いたいと思っている私を

○眉毛痒きこと・くしゃみ・腰紐解くることあれば想ひ人現はる
○自ら眉毛掻く・くしゃみ・ワザと紐を解きても可なり

下紐

巻十二　二八五一

人の見る　上は結びて
人の見ぬ　下紐開けて　恋ふる日そ多き

人麻呂歌集

人から見える上の紐は結んで
人から見えない下の紐は解いて恋しく想う日が多いです

○腰紐を自ら解くることあれば　想ひ人に相まみゆべし
○ワザと紐を解きても可なり

大事なのは「旅先で妹が結んだ紐のことを詠む」ということ。結果がどうのじゃなくって、それを詠むことで「妹を思い出す」のが歌のありようなんだ。

じゃあ、「ほどけたらダメ」「結んでいないとダメ」じゃないんですね。「ほどけた→私のことを想ってくれている」「ほどけない→私達の結びつきは強い」と、どっちでもいいんですね！

お出掛けは占いの後に…

月夜には　門に出で立ち　夕占問ひ
足占をぞせし　行かまくを欲り

巻4・七三六　大伴家持

月夜には門に出て立ち
夕占を問うたり
足占をしたりしました
君の元へ行きたくなって

〈夕占〉夕方に辻に立って、通り過ぎる人々の言葉から占います。

下着が形見！

白たへの　我が下衣
失はず　持てれ我が背子
直に逢ふまでに

巻15・三七五一　狭野弟上娘子

（白たへの）私の肌着を失くさずに持っていてあなた直接逢うまで

下着は実際身に着けたというより『形見にした』と理解すべき。相手が生きていても、傍に居ない相手を偲ぶことを『形を見る』＝形見という。

旅人、夢で琴の娘と歌った！

大伴旅人が不思議な夢を見て詠んだ、という歌が残っています。（巻5・八一〇〜八一二）大宰府に赴任中のある夜、なんと琴が化身したという娘が、夢に現れたのです！

その娘（仮称・琴子ちゃん）は旅人が持っていた桐製の和琴で、対馬の結石山（ゆいしやま）に生えていた桐のひこばえ（若芽）で作られたものだそうです。琴子ちゃんは夢の中で旅人へ、自分の想いを切々と一方的に話し始めます。

私は島の高山で悠々と生きていましたが、ただ朽ちてしまうのだけを不安に思っていました…。けれど偶然にも良い琴匠と巡り合い、小さな琴になることができました。音は荒くて小さいですが、立派な人の近くにいつまでも置かれたいと願っています！

琴子ちゃん

夕占事典 ―完全版―
道行ク人ノ言葉ヲ完全網羅！コノ一冊サヘアレバ、アナタノ夕占ニ間違ヒ無シ！！オドロキノ一万語集録。付録ニハ東国方言一覧ヲ収メテイマス。
万葉文庫　夢占事典・同時発売

そのあと、二人は仲良く歌を詠み合いました。

いかにあらむ　日の時にかも　音知らむ（こゑしらむ）　人の膝の上（ひざのへ）　我が枕かむ（わがまくらかむ）

いつかしら、どんな時かしら。琴の音を理解してくれるお方のお膝の上を枕にできるのは…。　巻5・八一〇

琴子ちゃん

言問はぬ（こととはぬ）　木にはありとも　愛しき（うるはしき）　君が手馴れの（たなれの）　琴にしあるべし

何も言わない木ではあっても、素晴らしいお方が愛用なさる琴に間違いありません。　巻5・八一一

大伴旅人

嬉しい言葉をいただけて、とってもとっても幸せです！

琴子ちゃん

目が覚めた旅人は、感動のあまりすぐ夢の内容を手紙にしたためました。そして公用の使いに言付け、都におられる藤原房前（ふじわらのふささき）様の元へ届くよう、琴と手紙を送りました。

房前は藤原不比等の次男、末は太政大臣になった大物です。彼からも篤いお礼の歌が届いているので、琴子ちゃんは房前ときっと幸せに暮らしたことでしょう。おめでとう、玉の輿！

言問はぬ（こととはぬ）　木にもありとも　我が背子が（わがせこが）　手馴れの御琴（たなれのみこと）　地に置かめやも（つちにおかめやも）

何も言わない木ではあっても、あなたの愛用の琴を、粗末に扱えましょうか。　巻5・八一二

藤原房前

大伴旅人（おおとものたびと）

高級官僚

665年（天智天皇4年）~731年8/31（天平3年7/25）

第三期万葉歌人

63歳の時、大宰帥として妻と息子と大宰府に赴任
山上憶良とともに**筑紫歌壇**を形成
「酒を讃むるの歌十三首」など宴席歌が多い
儒教、仏教、神仙思想的な作品も多い
大宰府で妻と死別。帰京後翌年死去

- **息子は中納言、大伴家持**
- **筑紫歌壇の中心人物**
- **酒歌多し**
- **大伴淡等とも書かれる**

全歌	76首
長歌	1首
短歌	75首

和琴（わごん）

全長　約百九十センチ
素材　本体は桐製・絃は絹製

古墳時代からある祖型の琴が、奈良時代に大陸伝来の琴の影響を受け出来上がりました。座って演奏する時は奏者が正座し、琴の頭部を膝に乗せ、膝枕をするような形になります。右手には鼈甲（べっこう）性の琴軋（ことさき）という七センチ程の小さな撥（ばち）を持ち、左手は素手のままで演奏します。

袖返シ用ノ袖

逢ヒタキ人ニ、必ズ会ヘル！アナタノ夢ヲ快適サポート…

皆ガ待チワビシ一枚！当社ノ袖ヲ使ヒテ眠レバ、必ズアナタノ夢ニ想ヒ人ガ現レマス。今ナラ一枚買フト、モウ一枚ガ無料！

※効用ニハ個人差ガアリマス。

大黒事件簿

巻十七
4011番

天平十九年九月某日越中にて、大伴家持氏が狩用に飼っていた鷹の大黒（年齢不詳）が行方不明になる事件が発生していた。

被害鷹の大黒さん

白塗りの鈴を付けています

犯人は家持氏の家来の一人、山田君麻呂（老人という以外は詳細不明）で、事件発生後すぐ家持氏に自供。現場状況と自供内容とは一致しており、雨の降る日に狩りに連れ出した為、飛び去ってしまったのだという。以下、事件直後の家持氏へのインタビューから。

「私の大黒は、他に無いと誇るほど美しく、人に慣れた鷹なんです…。それをあの狂った醜いじいさんが、内緒で勝手に連れ出して！責めても大黒は戻らないので、心は火が燃えたようです。毎日ため息ばかりで、もしかしたらと山のあちこちに網を張って番人も置いて、神社にも捧げ物をして祈っています…」

数日後その甲斐あってか、家持氏は神の少女のお告げを夢に見たという。その内容は次のようなものだった。

「あの鷹は多胡の島辺りの古江に、一昨日も昨日もおりました。もう二日程、遅くても七日以内には帰って来ますよ」

家持氏は目覚めてすぐに機嫌を直し、この事件の恨みを忘れる歌を作ったとのこと。その後の情報は無く、続報が待たれる状況である。

恋

夏の野の　繁みに咲ける　姫百合の
知らえぬ恋は　苦しきものそ

夏野之 繁見丹開有 姫由理乃
不レ所レ知恋者 苦物曾

8・一五〇〇　大伴坂上郎女

夏の野の繁みに
ひっそりと咲いている姫百合のように
あなたに知られない恋は苦しいものです

むせかえるほど生い茂る夏草。その葉陰に、ひっそりと咲く小さな姫百合。そんな花のように人に知られない恋は辛いと、一人苦しむ**自分の姿を姫百合に重ねて**います。夏らしい濃い緑の草色と、鮮やかな朱の花色の対比も美しいこの歌は、大伴坂上郎女によって詠まれました。彼女の歌にはどれも鮮烈な印象を受け、本人もそんな格好良い女性だったのでは…という想像を膨らませてくれます。

歌上手として有名で、先生も柿本人麻呂と並ぶ歌人と評するほどです。この歌も、**広い野→茂み→姫百合**と、徐々に視点が絞り込まれ、そのあと突然に、自分の内面へと切り換わるという、巧みな構成になっています。

心には　千重に百重に　思へれど
人目を多み　妹に逢はぬかも

心者 千重百重 思有杼
人目乎多見 妹尓不レ相可母　12・二九一〇　作者不明

心では幾重にも幾重にも思っているけれど
人目が多いので君に逢っていないことよ

鳥子　「千重に百重に」という表現、重なる想いがイメージできてステキですね…。でも「人目があるから逢えない」なんて、「仕事が忙しくて逢えない」みたいな言い訳に感じちゃいます…。

先生　そうとも取れるけどね（笑）。**この歌が言い訳に聞こえるかどうかは、読む人の感情や読んだ時の状況に依る**部分が大きいと思うよ。

例えばこの歌を、誰にも贈らない単独の歌として読むなら「こんなに想っていても逢えない」と、独りで悩む歌に聞こえる。でも女の子に贈る歌として読むと…。

鳥子　言い訳ソングに聞こえちゃうんですね！（笑）。

先生　人目を気にするのは一般的には女性なので、相手の女性を気遣った、思いやりあふれる歌とも解釈できる。**受け取り方によって歌の意味が変わるのが歌の面白いところ**でもあり、歌の解釈が安定しない一番の理由なんだよね。

鳥子　歌には正しい訳があると思っていましたが、それぞれの捉え方で、好きに楽しんで良いんですね！

そういえば、相聞歌ではよく人目を気にしてますが…どうしてそんなに気にするんでしょう？

先生　人目がどこまで問題だったかはよく分からない。ただ歌というのは**非日常の言語なので、一定のお約束の中で歌われる**。普段の生活でミュージカルみたいな言い回しはしないよね？

鳥子　じゃあ「人目があると逢えない」という設定の中で、盛り上がってるんですね！

先生　うん。それに少し邪魔がある方が、余計盛り上がるでしょ（笑）。今も昔も仲間内でバレたら面倒くさい、というのはあるかも知れないけれど、バレたら結婚という次のステージに行けるんでね。

鳥子　わあ、何だかスキャンダルみたい…（苦笑）。

先生　バレたことを詠んだ歌もあるけれど、困っていない。

鳥子　「女が喜び、男が悲しむ」パターンなのかもですね。

恋の歌の推移

前期万葉…遣り取りの歌が多い
後期万葉…片方だけの歌。自分自身のためだけに詠まれた歌が増えてゆく

冬(ふゆ)ごもり　春(はる)の大野(おほの)を　焼(や)く人(ひと)は
焼(や)き足(た)らねかも　我(あ)が心(こころ)焼(や)く

冬隠 春乃大野乎 焼人者
焼不レ足香文 吾情熾

7・一三三六　作者不明

（冬ごもり）春の大野を焼く人は
焼き足らないのでしょうか
私の心まで焼き焦がします

鳥子 焼き畑をする野焼きの景色が、気持ちにオーバーラップしていくなんて…作者不明だけど女の人の歌に思えます。「心焼く」って言葉の選び方が凄い！ 恋焦がれる気持ちとも、胸がチリチリ痛むのが伝わってくるようです。恋焦がれる気持ちとも、嫉妬とも取れますよね。

先生 両方ひっくるめて恋なんじゃないの？ って俺は思うけど、女性じゃないので分かりません（笑）。

この歌は、「草に寄する」歌の一首だね。巻七には、様々な物に寄せる歌が多く載っている。たとえば花・衣・山・雲・月とかね。**寄せる＝譬える**の意味で、**譬喩歌**（ひゆか）といいます。基本は**自分の心や相手を何かに譬えて詠んだ歌**のことで、内容的には相聞歌の仲間のようなものだね。譬喩は比喩と同じ。

鳥子 自然から物にまで、心を譬えていたなんてステキです♡ この歌は「焼かれる草」に「自分の焦がれる心」を重ねて譬えたんですね！ 大きな野が燃えるくらいって凄い大火事…（笑）。

先生 で、この歌の解釈が分かれそうなところが、「大野を焼く人」まで譬喩なのか、ということ。

普通に考えたら、「大野を焼く人」に自分の恋人を重ねていると考えるべきだけど、「大野を焼く人」本人に恋している可能性もゼロではない、という…まあ違うと思うけど（苦笑）。

鳥子 どうしてですか？

先生 恋の歌の多くは「いつどんな人が目にしても共感できる」汎用性の高い歌が残っていったから。物凄く特殊な事情を詠んでも、その歌に誰も共感できないよね？

鳥子 そうですね…。「大野を焼く人」との恋は、イメージしにくくて共感しづらいです。

先生 恋の歌は本質的に**「逢いたいのに、逢えない」ことを詠む**。それは恋する時に誰もが感じることだから。その基本の上にそれぞれ違った表現を加えていく。どこに行った、何を見た、とかね。前も言ったけど、歌の中の「いつ誰がどこで」というのを掘り下げても仕方無い。その部分が無くても、**歌の中の「私」の気持ちと一体化できるから、歌は楽しめる**。それが歌の本質じゃないかな。

武庫の浦の　入江の渚鳥　羽ぐくもる
君を離れて　恋に死ぬべし

武庫能浦乃　伊里江能渚鳥　羽具久毛流
伎美乎波奈礼弖　古非尓之奴倍之

15・三五七八　作者不明

武庫の浦の入江の渚鳥のように
羽にそっとくるんでくれたあなたと離れて
恋しさできっと死んでしまうでしょう

大船に　妹乗るものに　あらませば
羽ぐくみ持ちて　行かましものを

大船尓　伊母能流母能尓　安良麻勢婆
羽具久美母知弖　由可麻之母能乎

15・三五七九　作者不明

大船に君が乗ってもいいのなら
羽にくるんで抱えて行くだろうに

鳥子　船出する恋人と、まさに離れ離れになるシーンでの遣り取り…停泊する船のそば、抱き合う二人の姿が浮かんできます。「羽ぐくもる」なんて、ふわふわ温かく慈しむ感じがして、それを離れるのかと思うと本当に切ないです…（涙）。

先生　この歌はいいよね。男女どちらが「羽ぐくもる」かは両説あるけど、この遣り取りでは男性の方だね。「羽ぐくむ」は今では「育てる」という意味だけど、もともとは**羽で包む**（くる）**こと**。渚鳥（すどり）が何の鳥かは知らないけどね。

鳥子　男性は、大きな船でどこに行くんでしょうか？

先生　これは題詞に「新羅に遣はさるる使人等、別れを悲しびて贈答し…」とあるように、遣新羅使人（けんしらぎしじん）（137頁）の歌だから新羅に発つところだね。巻十五の冒頭に、別れなければならない二人が遣り取りした歌十一首が載っている。その一番初めの二首だね。

鳥子　最初の遣り取りでは「羽ぐくむ」がキーワードですが、次の二首では「霧」なんですね。「霧＝息」っていう感覚が素敵です♡

君（きみ）が行（ゆ）く　海辺（うみへ）の宿（やど）に　霧立（きりた）たば
我（あ）が立（た）ち嘆（なげ）く　息（いき）と知（し）りませ　（15・三五八〇）

▼あなたが行く海辺の宿に霧が立ったなら、
私が立ち嘆いている息だと思ってください。

秋（あき）さらば　相見（あひみ）むものを　なにしかも
霧（きり）に立（た）つべく　嘆（なげ）きしまさむ　（15・三五八一）

▼秋になったら逢えるだろうに、
なぜそんなに霧に立つほど嘆かれるのですか。

先生　通称**「嘆きの霧」**。嘆きが霧になって恋人の所に立つ、というもので、時折見かける表現だね。実はこの新羅への旅は、散々なものでね。新羅に向け難波を出発したのが初夏。でも暴風で九州に漂着して、風を対馬で待つ間に晩秋になっちゃった。新羅に着いても面会を拒否され、やっとの帰国が翌年の春という…。まあ、当人達も予定通りに帰れないとは思っていただろうけど。

鳥子　そう思いつつも、励ましているんですね…（涙）。

歌人別ソング集

今の時代も歌手ごとに特徴があるように、万葉集の歌も歌人ごとにそれぞれ異なる魅力を放っています！ 万葉新聞で取り上げた歌人たちのキャラクター、歌から妄想してみませんか？

志貴皇子（しきのみこ）

石走る　垂水の上の　さわらびの
萌え出づる春に　なりにけるかも

（石走る）滝のほとりの蕨が
萌え出る春に なったのですね

巻8・一四一八

鳥子

少女漫画に出てくる男子のような、爽やかキラキラな雰囲気を感じてしまいます！ 我が強すぎない感じも、とっつき易いです♡

先生

残した歌はわずかに六首だけれど、名歌が揃う。そして、志貴皇子の子供たちにも万葉歌人が多い。血の力を感じさせるね。

柿本人麻呂（かきのもとのひとまろ）

ぬばたまの　夜さり来れば
巻向の　川音高しも　あらしかも疾き

（ぬばたまの）夜が来ると 巻向の川音が高い
山から吹き下ろす風が 激しいからだろうか

巻7・一一〇一

言葉の端々から、キラーンと輝きが放たれているよう！ スターな俺様感を感じます☆ 歌のスケールも、大きいものが多いような…。

万葉集以外に名前が伝わらないため、その生涯は不明。しかし、歌は超一流！ 後に歌聖と呼ばれ、現在もその評価は揺るがない！

大伴家持（おおとものやかもち）

秋の野に　咲ける秋萩
秋風に　なびける上に　秋の露置けり

秋の野に咲いた秋萩が 秋風になびいた上に
秋の露が置かれているなあ

巻8・一五九七

こういう、しつこくて粘着質な感じが、いかにも！って思います（笑）。でもどこか憎めなくて…不思議とツボに入ってくるんです。

万葉集の最終的編纂者といわれている。彼がいなかったら、万葉集は残らなかっただろうね。坂上郎女は姑にして叔母。

青山を　横ぎる雲の　いちしろく
我と笑まして　人に知らゆな

青山を横切る雲の白さのようにはっきりと
私と微笑み交わして人に仲を知られませんように

巻4・六八八

大伴坂上郎女（おおとものさかのうえのいらつめ）

格好よくて、お洒落な雰囲気がします♪ 大人の余裕や、洗練された感じも…。頼れるけど女らしさもあって、同性にも好かれそう。

額田王と相並ぶ万葉集を代表する才女！女性の中で最も多くの歌を残し、秀歌も多い。大伴家の家刀自（女性のトップ）だった。

奥山の　菅の葉しのぎ　降る雪の
消なば惜しけむ　雨な降りそね

奥山の菅の葉を押さえながら降る雪は
消えたら惜しいだろうに雨よ降らないでおくれ

巻3・二九九

大伴旅人（おおとものたびと）

捉え方が繊細で、どこか乙女ちっくで…。とってもセンチメンタルな人柄を想像しちゃいます。気持ちが詠み込まれていて、分かりやすい！

家持の父。若い頃の歌はほとんど残っていない。大宰府の長官として下向し、そこで憶良とともに歌を残す。余裕を感じさせる歌が多い。

銀も　金も玉も　なにせむに
優れる宝　子に及かめやも

銀も金も宝石も何だというのだろう
どんなに優れた宝も子に及ばない

巻5・八〇三

山上憶良（やまのうえのおくら）

「子＝宝」って表現、珍しい！子供大好きな歌が印象的で、子煩悩なお父さんイメージ。ソツの無さも感じるし、勉強家だったのかな…？

ノンキャリ組のトップ。渡唐経験を持ち大宰府での歌が多い。他の万葉歌人が取り上げない素材の歌が多く、独自の世界を築いてるね。

我がやどに　韓藍蒔き生ほし　枯れぬとも
懲りずてまたも　蒔かむとそ思ふ

私の庭に鶏頭を蒔いて育てて枯れたとしても
懲りずにまた蒔こうと思う

巻3・三八四

山部赤人（やまべのあかひと）

韓藍を恋に譬えた歌の、失恋にめげない地味なポジティブ感がいじらしい…思わず応援したくなります！押しが強く無くて、優しい雰囲気。

人麻呂の正統な後継者ともいえるけれど、その反面、人麻呂の歌句を用いることが多く、評価の低い歌もある。自然詠に特徴がある。

万葉新聞

恋号

悪い男と女の歌・特集！

◆**悪いのはどっち？**

男女の遣り取りは、いつの世も変わらない!? お互い責めたくなる気持ち、分かります…。

妻に与ふる歌一首

連絡がないけど？

雪こそは　春日消ゆらめ　心さへ　消え失せたれや　言も通はぬ

雪ならば春の陽に消えるだろうが、まさか君の心まで消え失せてしまったのだろうか。手紙も届かないのは。（巻9・一七八二　人麻呂歌集）

妻が和ふる歌

あなたのせいでしょ！

松返り　しひてあれやは　三栗の　中上り来ぬ　麻呂といふ奴

（松反り）なぜか分からないのかしら。（三栗の）仕事で地方に行ったまま逢いにも来ない、麻呂というこの男は。（巻9・一七八三　人麻呂歌集）

◆**言い訳野郎に一言！**

逢いに来ないと嘆く女に、男は様々な言い訳を操り出します。今着替え中、なんて歌もありますが、一番多い理由はやっぱり人目。そんな見え透いたウソツキ男に、バッサリ返した遣り取りがあります。

ねもころに　思ふ我妹を　人言の　繁きによりて　淀むころかも

心の底から思う君だけど、人の噂が激しいせいで、行けないでいるこの頃なんだなあ…。（巻12・三一〇九　作者不明）

「噂なんて気にしない！」って歌もたくさんあるのに、この人もぜったい言い訳ですよね!?

そう、だめだね。こんな男は。この歌の後に来る、相手の女性からの返しは手厳しいぞー（笑）。

人言の　繁くしあらば　君も我も　絶えむと言ひて　逢ひしものかも

人の噂が激しくなれば、私もあなたも、終わりにしようと言って、今まで逢っていたのかしら…？（巻12・三一一〇　作者不明）

◆**悪びれない人妻**

道ならぬ恋も、変わらずあったようです。まずは男性の歌…。

息の緒に　我が息づきし　妹すらを　人妻なりと　聞けば悲しも

命の支えにして、恋しさの溜め息もつき続けた君だったのに、人妻だったと聞いて悲しくてならないよ…。（巻12・三一一五　作者不明）

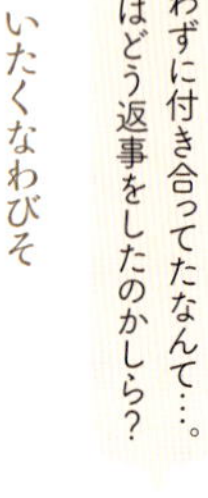

我が故に　いたくなわびそ　後つひに　逢はじと言ひし　こともあらなくに

私のためにひどく気落ちしないで下さい。これから先、逢わないと言ったりしていませんのに。（巻12・三一一六　作者不明）

悪びれること無いなんて、罪な女だよ…。怖い怖い。

恋愛では思わぬ所で、いろいろツライ経験をするのかも。そんな人に向けた、教訓のような歌があります。

我が後に　生まれむ人は　我がごとく　恋する道に　あひこすなゆめ

私より後に生まれる人は、私のような恋する道に踏み込んでくれるな、決して。（巻11・二三七五　人麻呂歌集）

この人はいったい、恋する道でどんな目に合ったのでしょう…。皆さんは、どうぞお気をつけください♪

鹿先生 鹿ノ記者のひとこと

意味ないよね…な歌

梅の花　咲きて散りなば
桜花　継ぎて咲くべく　なりにてあらずや

梅の花が咲いて散ったら、
桜の花が続いて咲くことになっているのだな。
（巻5・八二九　薬師張氏福子）

ホント
意味ない、
つまんない。

この歌は天平二年正月十三日、大伴旅人が大宰府の家で宴を催した時に詠まれた歌です。

そのまんまですよね！
歌を詠まれた旅人も困ったかも?!

志貴皇子

皇族

生年不詳～716（霊亀2）年

第二期万葉歌人

天智天皇の第七皇子
息子は光仁天皇として即位
吉野六皇子の盟約の一人
「蕨」を詠んだのは万葉集で彼のみ

- **霊亀二年八月没**
- **挽歌は笠金村作**

全歌	6首
長歌	0首
短歌	6首

友情発祥の歌
～旅人と満誓～

「友」という言葉が、今の「友人」の意味で使われるようになった、初めての歌といわれる遣り取りです。大伴旅人と沙弥満誓は、大宰府での上司と部下の関係。けれど役職を越えて、歌友でもあったようです。任期が終わり奈良の都に帰る旅人と、大宰府に残る満誓が遣り取りした歌が残っています。

ぬばたまの　黒髪変はり　白けても
痛き恋には　あふ時ありけり

（ぬばたまの）黒髪が変わって白くなっても
つらい想いに遭う時があるのだなあ。
（巻4・五七三　沙弥満誓）

僧侶の沙弥さんは髪がないから、「黒髪変はり」はユーモアを効かせた表現なんですね！
だからこそ無理をしているようで、余計つらさが際立ちます…（涙）。

旅人の返事は、都に帰りたい沙弥に気を遣い、都ではなく旅の途中の難波の景を詠んだ歌。
友への思いやりが染みる一首だね。

草香江の　入江にあさる　葦鶴の
あなたづたづし　友なしにして

草香江の入江で餌を探し廻る葦鶴のように、
ああ心もとない。友もいなくて。
（巻4・五七五　大伴旅人）

酒

あな醜（みにく） 賢（さか）しらをすと
酒（さけ）飲（の）まぬ 人（ひと）をよく見（み）ば 猿（さる）にかも似（に）る

痛醜 賢良手為跡
酒不レ飲 人手熟見者 猿二鴨似

3・三四四 大伴旅人（おほとものたびと）

ああ醜い
偉そうにして 酒を飲まない人をよく見れば
猿に似ているかな

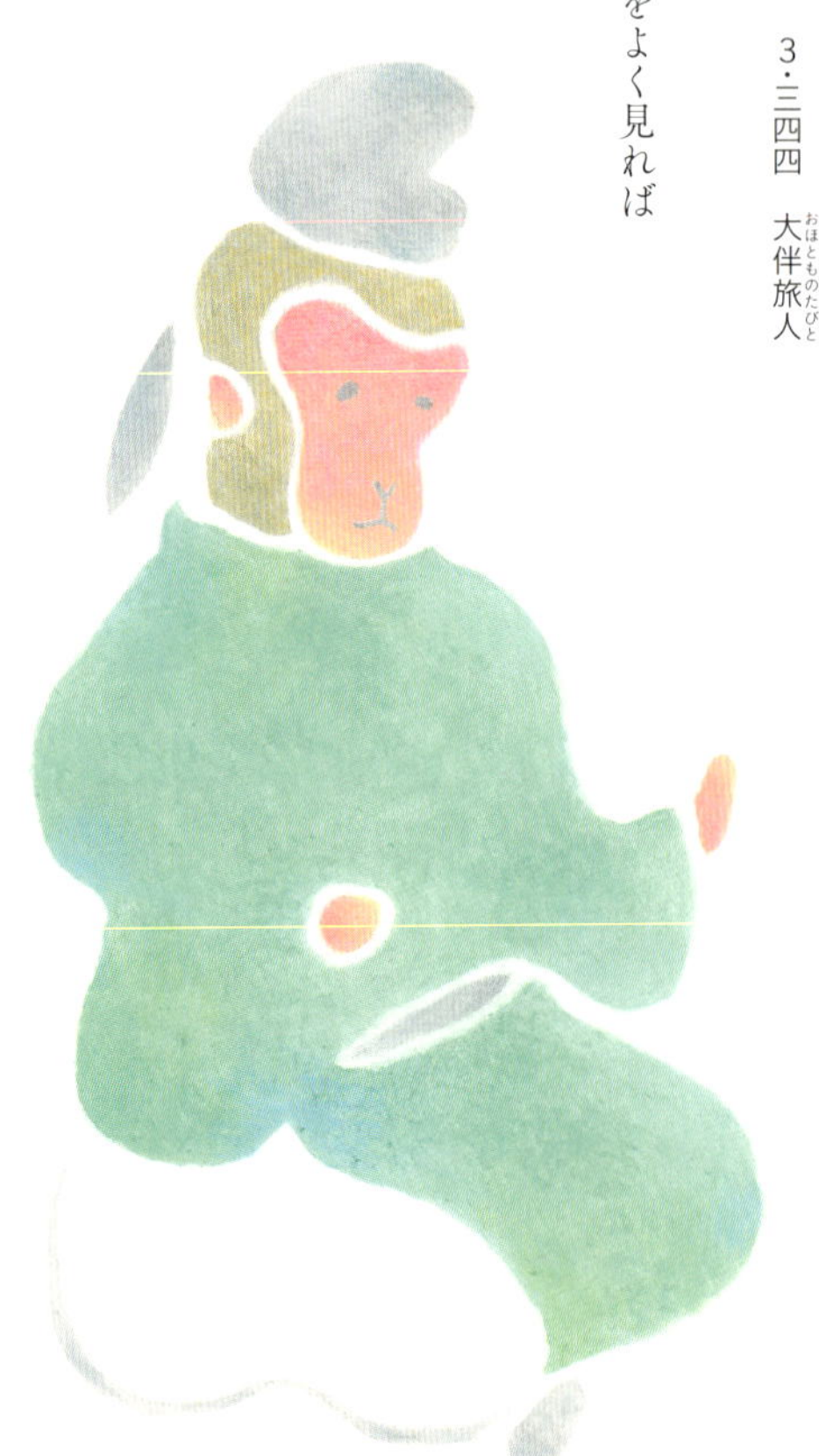

鳥子 お酒を飲んでる人が、飲まない人のことを歌ったんですね。「猿に似てる」なんて、面白い！「賢しら」は「賢い」とはちょっと違うんですね。

先生 今も昔も**「賢い」には、「ずる賢い」と純粋に「頭が良い」という二通りの意味**がある。「君賢いね」と言われて、嬉しい時と嬉しくない時があるでしょ（笑）。

鳥子 この歌では嬉しくない方ですね（笑）。賢そうにして宴席で呑まないなんて、空気が読めない人だったのかも…？

酒を飲まず賢ぶる人を猿に喩えているけれど、見た目には、飲んでいる人の方が猿みたいに顔が赤いはず。そういうひねった笑いも含んでいたりして!?

先生 うーん…猿の「顔の赤さ」か「小賢しさ」か、どの面を喩えているのかは何とも言えないなあ。**この時代に猿がどういう比喩で使われていたのか分からないので**。当時の歌や話にも、殆ど出てこないからね。あと、猿には「さる」と「ましら」の二種類いて、「さる」が「猿」で、「ましら」が「猴（こう）」なんじゃないかといわれている。英語も二種類あるでしょ？「モンキー」「エイプ」と大きさで分けている。人間に近い分、区別するみたいだけど、どう分けていたのかは良く分からない。

鳥子 色々謎ですね…。そういえば、万葉集にお酒の歌がたくさんあると知った時は、驚きました！

先生 **当時お酒をたしなむのは教養の一つ**だったからね。万葉集の歌には宴席歌が凄く多いので、**お酒と歌は共にあった**といえる。

鳥子 お酒を飲む機会は、宴席の他にはどんな時があったのでしょうか？

先生 節句の行事はもちろん、送別会の時に詠まれた歌も残っているし、機会があれば…あるいは機会を作って、飲んでいたと思いたい（笑）。宴会のことを表す「酒水漬き（さかみづき）」、つまりお酒に浸るっていう言葉もあるくらいだしね。

鳥子 いい言葉ですね、「酒水漬き」。私も今度からお酒を飲む時、「酒水漬きする」って言ってみます！

憶良らは　今は罷らむ　子泣くらむ
それその母も　我を待つらむぞ

憶良等者　今者将レ罷　子将レ哭
其彼母毛　吾乎将レ待曽　3・三三七　山上憶良

憶良めはもうお暇させてもらいます
子どもが泣いているでしょう
それにその母も私を待っているでしょうから

鳥子 「子供が泣いていて、妻も待ってるので」なんて、憶良さんって良いお父さんだったのかも…。教科書で読んだ「貧窮問答歌」の暗ーいイメージが強かったから、驚きです！

先生 これね、面白がって言っているの。当時の憶良は七十過ぎのおじいちゃんですから（笑）。

鳥子 ええっ！乳飲み子なんていないですよね。

先生 まあ、いた可能性が無いわけではないんだけど、普通に考えると、おどけて詠んだ歌だよね。こういう歌を、**『戯笑歌』**といいます。これは有名な歌で、題詞に『宴を罷る歌』とあるから、宴の最後に歌ったんだろうね。

鳥子 上手に宴席を退出するための歌があったなんて。大人のユーモア！周りにも「子供いないでしょ！」って突っこまれたりしたのかな（笑）。

先生 「憶良らは」と**一人称で自分の名前を詠むのは極めて珍しい**例なので、これも多分、面白がって入れたんだろうと。普通、**固有名詞は歌には詠まれない**からね。大汝、少彦名など『古事記』に出てくる神様の名前が詠まれた歌は何首かあるけれど（114頁）、人名はほとんど無い。万葉集約四千五百首の中でも固有名詞が出てくるのは百首くらいで、自分の名前が出てくるのは、本当に珍しいね。

鳥子 他にはどんな名前が出てくるんですか？

先生 自分の好きな女の子の名前を詠み込んだものとかね。安見児ちゃんをゲットしたぞと。

我はもや　安見児得たり
皆人の　得かてにすといふ　安見児得たり
（2・九五　藤原朝臣鎌足）

▼私はな、安見児を得たぞ。人が皆、得難いという安見児を得たぞ。

鳥子 こんな歌があるんですね！二度も名前を入れちゃうあたり、鎌足さんの嬉しさが伝わってきます（笑）。私も好きな人の名前を入れて詠んでみようかな♪

先生 …好きにしてください。

君がため　醸みし待ち酒
安の野に　ひとりや飲まむ　友なしにして

為レ君　醸之待酒
安野尓　独哉将レ飲　友無二思手

4・五五五　大伴旅人

君のために用意した待酒を
安の野で独り飲むのか
友が居ないから

鳥子　これは先生おすすめの酒歌なんですよね！

先生　そうそう。「安の野」は大宰府の近くで、季節は春。出世して平城京に戻る**部下のために、大宰府の長官だった大伴旅人が餞別に贈った歌**だね。「まあ元気にやってくれよ。お前の為に用意しておいた良い酒があるんだけどさ。俺ひとりで飲むとするよ。お前がいないからな…」っていう、ちょっと良い歌。

鳥子　男の友情を感じます！　部下だけど「友」と詠んでいるなんて、信頼していたんでしょうね。

先生　旅人直属の、すぐ下の部下だったみたいだしね。普通「待ち酒」というのは、女性が男性の訪れを待って作っておくお酒。だから、わざと女性っぽく詠んでいるんです。

鳥子　そうやってふざけている裏側に、旅人の本当の淋しさが隠れている気がしますね…。男性がわざと女性っぽく詠んだ歌って、珍らしい例ですか？

先生　いや、たくさんあるよ。そもそも**「恋ふ」という言葉も基本は男女間だけで使うけれど、それを分かった上でふざけて、性別に関係なく親しい者の間で使ったりもします**。「恋ふ」は、ここにいない人・物・時などに対して心が惹かれたり、慕い思う気持ちのことだからね。

鳥子　なるほど！　今の「恋」とイコールで考えるとしっくりこなかったのですが、やっと腑に落ちました。恋しく思う気持ちを、関係や性別を問わずにストレートに伝えていたなんて、素敵ですね…♡

先生　**歌の中だから使う**、ということもあるけどね。普段の会話中に、友達に対して「恋しい」なんて言わなかったと思うけど(笑)。歌の力って、そういう日常ではとても言えないことを、さらっと言えてしまうところにあるんだ。

鳥子　歌の中では大げさに表現するなんて、今の音楽の歌詞と変わらないんですね！

先生　そういうことです。贈られた側も歌だからこそ、素直になれるんだと思うよ。

賢しみと　物言ふよりは
酒飲みて　酔ひ泣きするし　優りたるらし

賢跡　物言従者
酒飲而　酔哭為師　益有良之　3・三四一　大伴旅人

賢ぶってものを言うよりは
酒を飲み酔って泣くほうが
ましであるらしい

先生　「賢そうにするより、酔って泣く方がよっぽどましだ」と詠んだ歌だね。俺もそう思う（笑）。

鳥子　「賢し」は前出の歌（86頁）と同じ意味かしら…。

先生　これはちょっと違っていてね。

中国では清酒が「聖人」、濁酒（だくしゅ）が「賢人」といわれている。その故事から取ったんだね。万葉集には、**中国に典拠を持つ歌がとても多い**。当時、官人になるための今でいう教科書は、中国の本だったから。皆知っていて当たり前なので、「あそこ面白いから使おうか」ということにもなった。現代でも様々な作品のオマージュを楽しんでいる、それと同じです。

鳥子　歌を聞けば「あの本のネタだ！」って分かったんですね。飲んでいたお酒は今と一緒ですか？

先生　**当時のお酒は基本的に濁酒**、つまり「どぶろく」。俺はあんまり好きじゃないけど。貧窮問答歌には「糟湯酒（かすゆざけ）」という酒も出てくるけれど、これは明らかに貧乏人のお酒で、お酒といえるかどうかも分からない。

鳥子　「酔って泣く方がましだ」とありますが、男性も人目を気にせず泣いたんですか？

先生　いや、今も昔も泣かないと思いますよ、男は。実際は知らないけどね。歌の上では泣かない。妻に先立たれた…とか、余程の事では泣くけれども。

「あな醜…」（86頁）もだけど、この歌も大伴旅人が詠んだ『酒を讃むる歌十三首』の中の一首。

鳥子　あれ、それどこかで聞いたような…。

先生　無常歌のところで紹介したよね。54頁「この世にし…」と「生ける者…」の二首もそうです。

「意味の無いことを思うくらいなら、一杯の濁り酒を飲んでいた方が良い」という歌から始まって、酒の素晴らしさを誉めたり、酒の染み込む酒壺になりたいなどと歌った後、十一・十二首目に54頁の無常観のこもった歌が続く。

鳥子　…最後はどんな歌で終わるんですか？

先生　「黙って賢ぶるのは、酔い泣きに及ばない」。

鳥子　この歌とほぼ一緒ですか!? 酔い泣きの歌が好きなのかしら…。旅人、もしかして泣き上戸？（笑）

長歌

動画で楽しむストーリー

短歌が「時間を切り取る」写真だとしたら、長歌は「時間の流れを見る」動画のようなもの。柿本人麻呂の「石見相聞歌」から、長歌でしか味わえない物語の世界を楽しんでみましょう。

石見の海　角の浦廻を
浦なしと　人こそ見らめ
潟なしと　人こそ見らめ
よしゑやし　浦はなくとも
よしゑやし　潟はなくとも
鯨魚取り　海辺をさして
にきたづの　荒磯の上に
か青く生ふる　玉藻沖つ藻
朝はふる　風こそ寄せめ
夕はふる　波こそ来寄れ
波のむた　か寄りかく寄る

対句　対句　枕詞　対句

海の情景　◀◀◀ クローズアップ　海辺の藻の様子　◀◀◀ オーバーラップ

石見の海の角の入江を
浜辺がないと人は見るだろう
干潟がないと人は見るだろう
どうでもよい良い浦はなくても
どうでもよい良い潟はなくても
（いさなとり）海辺を目指して
にきたづの荒磯のほとりに
青く生えた美しい藻沖の藻は
朝には風こそ寄せるのだろう
夕には波こそ来寄せる
その波と共になよなよと寄る
美しい藻のように寄り添い寝た妻を
（露霜の）置いて来てしまったから
この道の幾つもの曲り角ごとに
幾度も振り返り見るけれど
いよいよ遠く里は離れてしまった
いよいよ高く山も越え来てしまった
（夏草の）思い萎れるように
私を偲んでいるだろう
君の家の門が見たい
平伏せこの山　（巻2・一三一）

鳥子 長歌って、**丸の付かない長ーい一文みたい！**

先生 「鯨魚取り」や「夏草の」のような枕詞は直接意味に関係が無いので、最初は飛ばして読むのが良いだろうね。

鳥子 最後まで読んでやっと、何が言いたいのかが分かりました。

先生 結論は「恋人の家が見たい」ってことだけど、それだけ言っても風情が無い。その言葉に行きつくまでの景色を楽しむのが、長歌を楽しむポイントかな。**日本語って最後までいかないと、肯定文か否定文か分からない。**「僕は君のことが好き…」なのか、「じゃない」のか、文の終わりまでハッキリしないでしょ。長歌も同じ。歌が徐々に始まり、様々に展開した後、最後に盛り上がって、バンッと結論を言って終わる。それが長歌の特性だね。

鳥子 最後に短歌が二首あるのはなぜですか？

先生 これは**反歌**。長歌には普通、一首か二首の

玉藻なす　寄り寝し妹を
露霜の　置きてし来れば
この道の　八十隈ごとに
万度　かへり見すれど
いや遠に　里は離りぬ
いや高に　山も越え来ぬ
夏草の　思ひしなえて
偲ふらむ　妹が門見む
靡けこの山

（枕詞：玉藻なす／露霜の／夏草の　対句：いや遠に　里は離りぬ／いや高に　山も越え来ぬ）

反歌　二首

石見のや　高角山の　木の間より
我が振る袖を　妹見つらむか

笹の葉は　み山もさやに　さやげども
我は妹思ふ　別れ来ぬれば

そんな藻のような妻のこと ◀ 妻を置いてきた景色 ◀ 想いを山にぶつける！

回想

石見にある高角山の木の間から
私が振る袖を君は見ただろうか
（2・一三二）

内省

笹の葉は美しい山中さやさやと
騒いでいるけれど私は君を想う
別れ来てしまったのだから（2・一三三）

この長歌は人麻呂が石見の国で、奥さんと別れて上京する時の歌。五七で区切って読むと対句が見えて、意味も取りやすくなるね。

同じような響きが繰り返されて、声に出した時のリズムが良いです！

人麻呂の長歌は素晴らしい対句が多いので、それも楽しんでください。

反歌が付くのね。長歌の内容を繰り返したり、ちょっとはみ出していったりと、**締めの役割をする**。反歌でやっと、全体に言いたかったことが見えたりもする。

鳥子　長歌だけで完結してないなんて、面白い！

先生　長歌だけだと「靡けこの山！」で、感情がボン！と爆発して終わるけれど、第一反歌では回想、第二反歌までいくと悲しみが落ち着いて、自分の心の中を詠む内省的な歌になる。**時間が過ぎて気持ちの移り変わりまで見られる**のが、反歌も合わせた楽しみ方だよね。

鳥子　「笹が騒ぐ景色を見ていても、私は君のことを想う」というところは、胸に迫ってきますね…。先生がこの歌の中で、一番好きな部分はどこですか？

先生　やっぱり最後の「夏草の…靡けこの山」だよ。靡かないことが分かっていても叫ばずにいられない。今読んでも鳥肌が立つよ。**長歌のポイントは時間の存在**。導入から結論までの間に存在するストーリーを、反歌と合わせて楽しんで欲しいな。

万葉新聞

食号

万葉時代の食卓を、歌から見てみましょう。今では食卓定番のジャガイモや玉葱はありませんが、野草・果物・魚・獣・野鳥など、季節ごとに現れる様々な食材を食べていたようです。四季の恵みをシンプルにいただく、そんな暮らしだったのかもしれませんね。

まんよう食事情

野菜

食薦敷き　蔓菁煮持ち来　梁に　行縢掛けて　休むこの君

食薦を敷き、青菜煮を持って来い。梁に行縢を掛けて、休んでおられるこの方のもとへ。（巻16・三八二五　長意吉麻呂）

蓼・若菜・瓜・葛・稲・菱なども…

果物

梨棗　黍に粟次ぎ　延ふ葛の　後も逢はむと　葵花咲く

梨棗、黍に粟が続き、這い生える葛の、後に逢おうと、葵の花が咲く。（巻16・三八三四　作者不明）

杏・桃・栗・橘（柑橘類）なども…

魚肉

沖辺行き　辺に行き今や　妹がため　我が漁れる　藻伏し束鮒

沖へ行き、岸にも行き今やっと、君のため私が潜って捕った、藻に伏すこぶし程の小さな鮒です。（巻4・六二五　高安王）

魚は鮪・鮎・鱸・鮒…、肉は鹿・ウズラ・キジ…

調味料

基本は塩。砂糖と醤油はまだ無かったようです。醤と呼ばれる調味料と酢（米酢・酒酢）はありましたが、酢は米の値段の三倍もするような高価なものでした。他には味噌の原型といわれる未醤もありました。

醤酢に　蒜搗き合てて　鯛願ふ　我にな見えそ　水葱の羹

醤と酢にニンニクをすりつぶして和えた、鯛が食べたい。私に見せるな。水葱の吸い物なんか。（巻16・三八二九　長意吉麻呂）

醤

醤油ではなく、大豆・小麦・米などに麹と塩水を加えて発酵させた「もろみ」状の調味料のこと。

蒜

ユリ科の植物のうち、ニオイのするもの全てを指した言葉。当時も薬味となる植物を使って、調理していたんですね。

葉っぱのお皿

朴の葉（ほおのは）
「ほほがしは」の名で詠まれています

久木（ひさぎ）
赤芽柏のこと
折り畳んでお酒を入れたりも

蓮葉（はちすば）
大皿として使っていました

官僚

山上憶良（やまのうえのおくら）

660（斉明天皇6）年～没年不詳

第三期万葉歌人

42歳の時に**遣唐使の一員**として唐に渡る
帰国後は幼い聖武天皇の教育係に
67歳で筑前守になり大宰府へ。旅人と仲良しに
学識高く、**漢文に詳しい**（旅人共感ポイント）
勉学に励みノンキャリのトップに。74歳没

- 旅人と筑紫歌壇仲間
- 山於億良とも書かれる

全歌	76首
長歌	11首
短歌	64首
旋頭歌	1首

お酒のコト

昔々のお酒は、米を噛み、唾液で発酵させる醸み酒でした。でも万葉時代には主流は濁り酒に。清酒は神様に捧げる用など、ごくわずかだったようです。

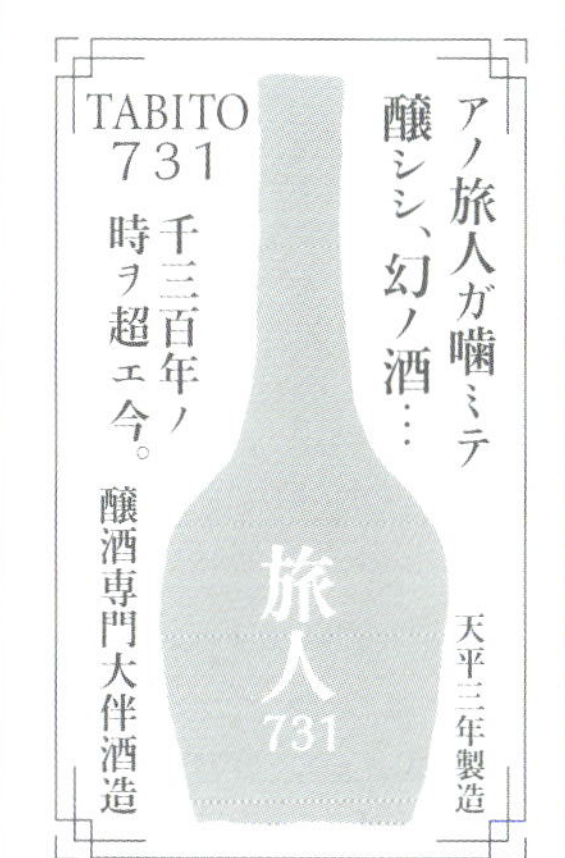

鳥子の万葉クッキング！

～長意吉麻呂さんが食べたかったレシピ～

〈材料〉
- 醤（醤油でも可）
- 酢（においキツメが当時っぽいよ）
- 生にんにく
- 鯛（新鮮なものにしてね）

1. 醤と酢を混ぜたものにニンニクをすりつぶして加えます

2. 鯛をお刺身にします

3. ②に①を和えたら完成です

葉っぱのお皿で万葉気分に♪

音に聞き　目にはいまだ見ぬ
吉野川　六田の淀を　今日見つるかも

音聞 目者未レ見
吉野川 六田乃与杼乎 今日見鶴鴨　7・一一〇五　作者不明

噂に聞くだけで
まだ見ていなかった吉野川の六田の淀を
今日見ることができたなあ

鳥子　「噂の名所を見たよ！」と、ウキウキした気持ちが伝わってきますね。

先生　これはもう、よくできた分かりやすい歌だね。万葉集中、「旅」という言葉が入った歌は百四首あって、基本的に**旅は苦しいもの**と詠まれている。農耕民族は、旅なんかしない。だから、**「旅が辛い→妹に逢いたい」**という歌が本当に多い。けれど、これは**「旅の景色が美しい」**と詠む珍しいパターンの歌。

鳥子　今の旅の感覚と近くて共感しやすいです。噂になるくらい**六田の淀**は名勝地だったのかしら…。お土産に河原の石を持って帰って、家族や友達に自慢して回ってたかも（笑）。

先生　いや、今の観光地の感覚とは違うんだよ。吉野は都の周辺では無く少しはずれ、こちら側でもあちら側でも無い**境界の地**というイメージでね。泊瀬・三輪・春日・難波もそう。墓や原生林もあれば神様もいる、人の暮らす所とはちょっと違う、行くと少し怖い所と思われていた。仙人がいたという歌もあるしね。

鳥子　どうしてそんな所に行ったのでしょう？

先生　当時、**個人では旅をしない**から、これも恐らく天皇の行幸に仕事で付いて行ったんだろうね。天皇が行くのは公的な理由や、個人的な思いからという場合もあっただろうけれど、**普段とは違う景色を体験できる**ということが大きかったんだと思う。それ以上は分からない。

鳥子　非日常の不思議な空間を体験したい、という気持ちは、いつの時代も変わらないんですね♪

先生　都から吉野川まで一日で行ける距離なんだけどね（笑）。一番有名な吉野を讃える歌は天皇行幸の際に作られた、柿本人麻呂の「山の神様が春には花を咲かせて、秋にはもみじをかざしにする」という歌。やっぱりスケールが違うよなあ…。

…吉野川　激つ河内に…やまつみの
奉る御調と　春へには　花かざし持ち
秋立てば　黄葉かざせり…　（一・三八　柿本人麻呂）

真木(まき)の葉(は)の　しなふ勢能山(せのやま)
しのはずて　我(わ)が越(こ)え行(ゆ)けば　木(こ)の葉(は)知(し)りけむ

真木葉乃 之奈布勢能山
之努波受而 吾超去者 木葉知家武　3・二九一　小田事(をだのつかふ)

真木の葉がたわみ茂る勢能山を
楽しむことなく私は越え行くが
木の葉はその気持ちを わかってくれただろう

鳥子 「**し**なふ・**勢**能山（せのやま）・**し**のはずて」と、頭にS音が続いて、何だかリズム良く感じる歌です♪ でも「し」が多いからか、どこか寂しげにも感じます…。
「しのはずて」がピンときてはいないですけど。

先生 「しのはずて」は「**しのふ**」＋**打ち消しの**「**ず**」。しのふ＝**しのぶ**。「ふ」が、よくある濁音化を起こして「ぶ」になっただけで、同じ言葉だね。

鳥子 亡くなった人を偲ぶ、という意味ですか…？

先生 **上代の**「**しのふ**」**には、**「**偲ぶ**」**と**「**賞美する**」**の二つの意味がある。**全く違う意味に感じるけれど、「可愛がる」とか「いいねと思う」のが「しのふ」のもともとの意味。だから、思われる人は死んでなくても〇K。**目の前に居ない人に対していいねと思うと**「**偲ぶ**」**の意味に、目の前に居る人に思うと**「**賞美する**」**の意味になる。**

鳥子 じゃあこの人は、勢能山を「いいね！」って思いながらも、褒めることができないまま越えて行くんですね…。
「音に聞き…」（98頁）の歌と同じで、大勢で仕事の旅路だったのかしら。でも「木の葉だけは自分の気持ちを知ってくれている」と、草木を友達のように思う感覚に、キュンとします♡
勢能山は実在するんですか？

先生 勢能山は**背の山**ともいって、**和歌山にある。**紀の川を挟んで妹山と背の山があって、セットで「妹背の山」と呼ばれているね。

鳥子 山を恋人同士に見立てるなんて、面白いですね。
そういえば旅の歌の題詞に「**羈旅（きりょ）の歌**」って見かけますけど…馬での旅ってことですか？

先生 それ、正しくは「**羇**」という字なの。当時の人達は「馬」の字につられて、間違って使用してたみたいなんだよね（笑）。「羈」は馬を繋ぐ縄の意だから。

鳥子 当時の人も漢字を間違えるんですね（笑）。

先生 この歌もだけど、万葉集の歌が彫られた石碑が日本全国にあって、**万葉歌碑**といわれる。この歌は和歌山が舞台だけど、歌碑は広島にある（笑）。同じ歌の歌碑が複数の地にあったりするから、歌碑を巡って旅するのも面白いよ。

海人娘子　棚なし小船　漕ぎ出らし
旅の宿りに　梶の音聞こゆ

海未通女　棚無小舟　榜出良之
客乃屋取尓　梶音所レ聞

6・九三〇　笠金村

海人の少女が
棚なし小舟で漕ぎ出しているらしい
旅の宿に梶の音が聞こえている

鳥子 「海人娘子」って、海に潜って漁をする女性のことですよね。どことなく歌に色っぽさを感じます♪ 舟を漕ぐ梶の音で歌が終わっているのも、余韻があって良いですね…。

先生 これは聖武天皇（しょうむてんのう）が難波（なにわ）へ行幸した時、同行した※笠金村（かさのかなむら）が詠んだ歌だね。金村は**万葉集第三期**（133頁）**を代表する有名な宮廷歌人**です。天皇がどこかへ行く時には、宮廷歌人もついて行って、旅にまつわる歌を詠むことが多かった。

鳥子 この「棚なし小船」は、どんな舟ですか？

先生 俺も知りたい（笑）。「棚なし小船」というくらいだから、小っちゃい舟だとは思うけどね。これ、歌の中では**舟は見えていないんだよ**。

鳥子 見えなくても**音から想像できる、聴覚だけの歌**なんですね。

先生 音だけで、何で海人娘子の漕いでいる舟だと分かるんだ!?という話もあるんだけど（笑）。

鳥子 そうあって欲しい、金村さんの願望ですよね！ もしかしたら、おじさんだったかも（笑）。

先生 万葉集の時代、**「海人娘子」は「旅」とセット**なんだ。奈良は海無し県なので、**海は旅でしか見られない**。だから「海」だけでも旅の歌だけど、海でしか見られない海女さんの「海人娘子」が出てきても勿論、旅の歌。それだけ**海に関わるものは特別**なので「旅の宿りに梶の音聞こゆ」っていうのは本当に「ああ！ 旅してるんだなあ！」という気持ちを、実感する時なんだと思う。

鳥子 絶え間なく聞こえる波の音だって、聞き慣れないものですしね！ とっても興奮したんでしょうね。

先生 海の音、海に関わる音というのは、全部**旅の音**として、彼らの中にあったんだろうと思う。海の無い県で育った人にとっては、感動するものなんでしょう。俺は海辺で育ったので全く分からないけどね（笑）。

※**笠金村**…生没年未詳。山部赤人らと同時代の宮廷歌人。天皇の行幸に同行し詠んだ歌が多く残る。

人(ひと)もなき　空(むな)しき家(いへ)は
草枕(くさまくら)　旅(たび)にまさりて　苦(くる)しかりけり

人毛奈吉 空家者
草枕 旅尓益而 辛苦有家里　3・四五一　大伴旅人(おほとものたびと)

人もいない 空虚な家は
（草枕）旅にもまして
苦しいものだ

鳥子　並ぶ言葉の端々から悲しみが伝わってきます…。この時代の旅って基本的に徒歩で、良くても馬ですよね。船は沈む危険もあるし、宿だって今みたいに無いし。せっかく家に帰ってきたのに、そんな旅より苦しいなんて、どうして…。

先生　これは本当に悲しい歌で、俺の別格歌の一首。題詞に「**故郷の家に還り入りて、即ち作る三首**」とある通り、大宰府での任を終えた旅人が、一人で都に帰ってきたところで詠まれた歌です。この数年前、大宰府に赴任する時は奥さんを連れて行った。ずっと一緒に旅をして、大宰府に着いてすぐ奥さんが亡くなっちゃう。だから帰りは一人だった。行く時は二人だったのに。

鳥子　そんな時に詠んだ歌だったなんて！　それじゃあ、昔は奥さんも一緒だった家に、今は一人で…。

先生　そう。「空し」の語源は「身無し」＝空虚のこと。**妻が居ないだけでなく、自分の家じゃないみたいに、よそよそしい場所に感じてしまっている**んだね。実は旅人は、帰京前にも家のことを歌に詠んでいる。

都なる　荒れたる家に　ひとり寝ば
旅にまさりて　苦しかるべし　（3・四四〇）

▼都にある、荒れた我が家に独りで寝れば
旅にも増して苦しいだろう。

出発する前に、帰宅後どんな思いをするか想像していたんだよね。そして家に帰ったその時、**大宰府での想像が現実になった**と気づいた。「人もなき…」の歌の結句にある「**けり」は気づいた瞬間**を表すので、臨場感が出ているね。

鳥子　妻がいないと実感してしまったんですね…。

先生　旅人は瀬戸内海沿いに帰ってくるんだけど、帰り道の途中でも、かつて妻と訪れた地で歌をいくつか詠んでいる。一緒に見た「鞆の浦(135頁)の磯のむろの木」だとかね。「**亡き妻への想い**」と「**景色の美しさ**」、矛盾ともいえる二つの気持ちを抱え込んだ歌は、本当に胸に迫るものがあるよ。

鳥子　旅人さん、きっと愛妻家だったのね…(涙)。

先生　この時だいぶ歳をとってたから、なおさら辛いよね。

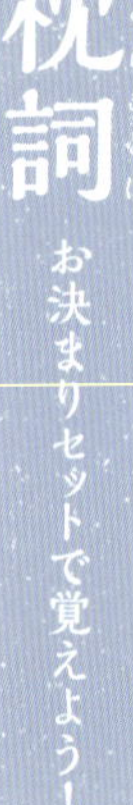

もともとは土地などを讃め称える言葉だったと考えられ、万葉集では約千九百例ほど。柿本人麻呂が素敵に多用し、その頃に一番盛り上がりつつも、次第に形骸化して衰退しました。

◆使い方

枕詞のあとに続く言葉はほぼ決まっています。組み合わせを覚えましょう。（組み合わせ表参照）歌の始めに入れても、途中で入れても構いません。

◆例

とぶとりの
明日香の里を　置きて去なば
君があたりは
見えずかもあらむ

太字部分が枕詞
赤色部分に掛かります

◆主な枕詞　組み合わせ表

あかねさす→日・昼・紫
あしひきの→山・峰
あづさゆみ→引く・張る

あかねさす
日は照らせれど
ぬばたまの　夜渡る月の
隠らく惜しも
巻2・一六九　柿本人麻呂

あしひきの
山川の瀬の　鳴るなへに
弓月（ゆつき）が岳に
雲立ち渡る
巻7・一〇八八　人麻呂歌集

あをによし
奈良の都は　咲く花の
にほふがごとく
今盛りなり

巻3・三二八　小野老（をののおゆ）

うまさけ
三輪のはふりが
山照らす　秋の黄葉（もみち）の
散らまく惜しも
巻8・一五一七　長屋王（ながやのおほきみ）

かむかぜの
伊勢の浜荻　折り伏せて
旅寝やすらむ
荒き浜辺に
巻4・五〇〇　作者不明

こもりくの
泊瀬の山の　山の際に
いさよふ雲は
妹にかもあらむ
巻3・四二八　柿本人麻呂

あまざかる→鄙
あらたまの→年・月・春
あをによし→奈良
いそのかみ→布留・降る
うつせみの→命・世・人
うまさけ→三輪
おしてる→難波
かむかぜの→伊勢
くさまくら→旅
こもりくの→泊瀬
ささなみの→志賀
しきしまの→大和
しらぬひ→筑紫
しろたへの→衣・袖
そらみつ→大和
たまかぎる→ほのかに・夕
たまきはる→命・世・宇智
たまのをの→絶え・長し
たらちねの→母
ちはやぶる→宇治・神
つゆじもの→秋・置く・消
とぶとりの→飛鳥
ぬばたまの→黒・夜
ひさかたの→空・天・光
ふゆごもり→春
ももしきの→大宮所・大宮人
やくもさす→出雲
やすみしし→我が大君
わかくさの→妻・夫

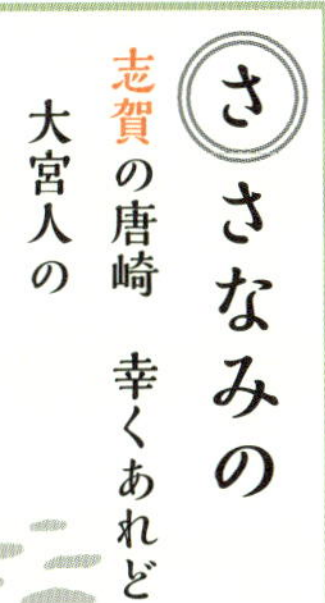

さ
ささなみの
志賀の唐崎　幸くあれど
大宮人の
船待ちかねつ

巻1・三〇　柿本人麻呂

ぬ
佐保川の　小石踏み渡り
ぬばたまの
黒馬(くろま)の来夜(くよ)は
年にもあらぬか

巻4・五二五　大伴坂上郎女(おほとものさかのうへのいらつめ)

も
もののふの
八十(やそ)宇治川の　網代木(あじろき)に
いさよふ波の
行くへ知らずも

巻3・二六四　柿本人麻呂

た
たまかぎる
昨日の夕(ゆふへ)　見しものを
今日の朝(あした)に
恋ふべきものか

巻11・二三九一　作者不明

ひ
ひさかたの
天(あま)行く月を　網に刺し
我が大君は
蓋(きぬがさ)にせり

巻3・二四〇　柿本人麻呂

も
ももしきの
大宮人は　暇あれや
梅をかざして
ここに集へる

巻10・一八八三　作者不明

ち
ちはやぶる
神の持たせる　命をば
誰がためにかも
長く欲りせむ

巻11・二四一六　作者不明

ふ
ふゆごもり
春さり来れば　あしひきの
山にも野にも
うぐひす鳴くも

巻10・一八二四　作者不明

や
やくもさす
出雲の児らが　黒髪は
吉野の川の
沖になづさふ

巻3・四三〇　柿本人麻呂

万葉新聞

防人号

東から西への長い旅

六六三年、唐との戦いに負けた日本は、国をあげて北九州の防衛をすると決めました。その沿岸警備の任に当たったのが防人達です。任務は沿岸の防備。平時は土地を与えられ、自給自足の生活をしていました。

人員は主に東国から集められ、九州まで長く危険な旅を強いられました。当時、西国は大陸文化が流入する最先端の地、東国は中央から遠く離れた周縁の地でした。

- **定員3千人**
  正丁（21〜60歳以下の健康な男子のみ）
- **任期3年**（毎年千人ずつ交代）
- **場所**　北九州・壱岐・対馬

◆防人達の険しい道のり

本国（東国のいずれか）

各自 自費で徒歩の旅（引率付き）

難波

発船の準備が整うまで待機

官費で船の旅（防人の部領使の専任が率いる）

大宰府

防人司によって管理

各自の任務地へ…

◆防人歌＝防人＋防人家族の歌

お国言葉で詠まれた歌には、東国の方言が色濃く表れています。

家に残した子や妻を思う歌、急に発つことになって嘆く歌、病気のときに防人に選ばれた不満を詠んだ歌など、様々な情景が詠み込まれています。

韓衣　裾に取り付き　泣く子らを
置きてそ来ぬや　母なしにして

（からころも）裾に取り付き泣く子ども達を、置いて来てしまったのだ、母も居ないのに。

（巻20・四四〇一　国造小県郡の他田舎人大島）

布多富我美　悪しけ人なり
あたゆまひ　我がする時に　防人に差す

ふたほがみは悪い人だ。急病を私が患っている時に、防人に選ぶなんて。

（巻20・四三八二　那須郡の上丁大伴部広成）

防人歌のほとんどは、難波で防人検校に就いていた大伴家持が収集したものです。全部で八十四首残っていますが、左注にわざわざ「拙劣の歌は取り載せず」と明言している通り、百六十六首進上されたうち約半分を載せませんでした。彼なりに、かなり真剣に選んだのでしょうか…。

大伴家持（おおとものやかもち）

高級官僚

718年（養老2年）頃～785年10/5（延暦4年8/28）

第四期万葉歌人

母亡きあと坂上郎女が養育、15歳頃作歌活動開始
746年に越中守に任ぜられ5年間赴任
難波で防人検校の職のとき、**防人歌を集める**
万葉集編纂に携わり巻17～20は自分の日記風
759年正月因幡国府で『万葉集』最後の歌を詠む

- **父は大納言、大伴旅人**
- **百人一首では中納言家持**
「かささぎの…」

全歌	473首
長歌	46首
短歌	425首
旋頭歌	1首　連歌　1首

防人を出した国

❶上野　❷下野　❸常陸　❹下総　❺上総　⑥安房　❼武蔵
❽相模　❾信濃　⑩甲斐　⓫駿河　⑫伊豆　⓭遠江

黒丸の国のみ防人歌が残っています

防人急募

耕シナガラ日本ヲ守ル！ソンナ暮ラシヲシタキ貴方ヘ、人生ヲ変ヘルスローライフ。期間、三年。募集人数、千人。任務、北九州ノ沿岸監視。給与、無シ。兵部省

◆東歌（あずまうた）とは？

東国の人が詠んだり、東国で採集された歌を「東歌」と呼びます。防人歌・東歌どちらも方言を書き留めるためなのか、一字一音（136頁）で書かれています。東国ならではの、ちょっと違った響きを楽しんでみてください。

- 全、二百三十首。
- 万葉集巻十四は全部が東歌。
- どれも短歌。
- すべての歌に作者名が無い。
- 素材や歌いぶりが東国の生活に密着している。
- 防人歌と同じく、東国方言が強い。

吾（われ）＝**わぬ**
妹（いも）＝**いむ**
我妹子（わぎもこ）＝**わぎめこ**
母父（おもちち）＝**あもしし**
家（いえ）＝**いひ**
針（はり）＝**はる**
影（かげ）＝**かご**
百合（ゆり）＝**ゆる**
言葉（ことば）＝**けとば**
防人（さきもり）＝**さきむり**

東歌

諸児（うべこ）なは　我（わぬ）に恋（こ）ふなも
立（た）と月（つく）の　ぬがなへ行（ゆ）けば　恋（こふ）しかるなも

もっともだ、君が私を恋しがるのは。時間が刻々と過ぎて行くので、恋しいのだろう。（巻14・三四七六　作者不明）

●都言葉で歌うと…

諸子（うべこ）らは　我（われ）に恋（こ）ふらむ
立（た）つ月（つき）の　流（なが）らへ行（ゆ）けば　恋（こ）ひしかるらむ

防人歌

父母（ちちはは）が　頭（かしら）かき撫（な）で　幸（さ）くあれて
言（い）ひし言葉（けとば）ぜ　忘（わす）れかねつる

父母が、私の頭を掻き撫で「無事でいてくれ」と言ったあの言葉が、忘れられない。（巻20・四三四六　丈部稲麻呂（はせつかべのいなまろ））

●都言葉で歌うと…

父母（ちちはは）が　頭（かしら）かき撫（な）で　幸（さき）くあれと
言（い）ひし言葉（ことば）ぞ　忘（わす）れかねつる

挽歌

天の原　振り放け見れば
大君の　御寿は長く　天足らしたり

青旗の　木幡の上を　通ふとは
目には見れども　直に逢はぬかも

人はよし　思ひ止むとも
玉かづら　影に見えつつ　忘らえぬかも

天原　振放見者
大王乃　御寿者長久　天足有
2・一四七　倭大后

天空を振り仰ぎ見ると
大君のお命はどこまでも
天に満ち足りております

青旗乃　木旗能上乎　賀欲布跡羽
目尓者雖レ視　直尓不レ相香裳
2・一四八　倭大后

（青旗の）木幡のあたりを
御霊が通っていると目には見えますけれど
直にはもうお逢いできません

人者縦　念息登母
玉縵　影尓所レ見乍　不レ所レ忘鴨
2・一四九　倭大后

他の人がたとえ嘆き止んでも
（玉葛）私はあなたの姿が思い出されて
忘れられないのです

うつせみし　神に堪へねば
離れ居て　朝嘆く君
離り居て　我が恋ふる君
玉ならば　手に巻き持ちて
衣ならば　脱く時もなく
我が恋ふる　君そ昨夜
夢に見えつる

空蟬師　神尓不レ勝者　離居而　朝嘆君　放居而　吾恋君
玉有者　手尓巻持而　衣有者　脱時毛無
吾恋　君曾伎賊乃夜　夢所レ見鶴

2・一五〇　作者不明

この世に生きる人は
神に逆らえないので
離れ居て
私が朝から嘆くあなた
遠く居て
私が恋い慕うあなた
玉ならば
手に巻いて持ち
衣ならば
脱ぐ時もないほど
いつもいつも
私が恋しく想うあなたが
昨夜の夢に
お見えになりました

死を悲しみ悼む歌、挽歌は、もともとは柩を挽く者が歌った歌です。この四首は**天智天皇崩御の際、妻の倭大后を中心に詠まれました。**亡くなる前から亡くなった後へ、詠み込まれた**夫の姿は、時間の経過と共に段々と見えなくなっていきます。**それでも三首目に、「私には影に見えて忘れられない」と一人嘆く気持ちが、強く心に響きます。ここでいう**影とは「追っていくとそのものに辿り着けるもの」**のこと。夫に辿り着ける何かを眺めながら、詠まれた歌なのでしょう。二人の間には子供がいなかったため、残された悲しみは一層深かったのかもしれません…。

山吹の　立ちよそひたる　山清水
汲みに行かめど　道の知らなく

山振之 立儀足 山清水
酌尓雖レ行 道之白鳴

2・一五八　高市皇子

山吹が咲き香っている山清水を
汲みに行きたいけれど
その道の分からないことよ

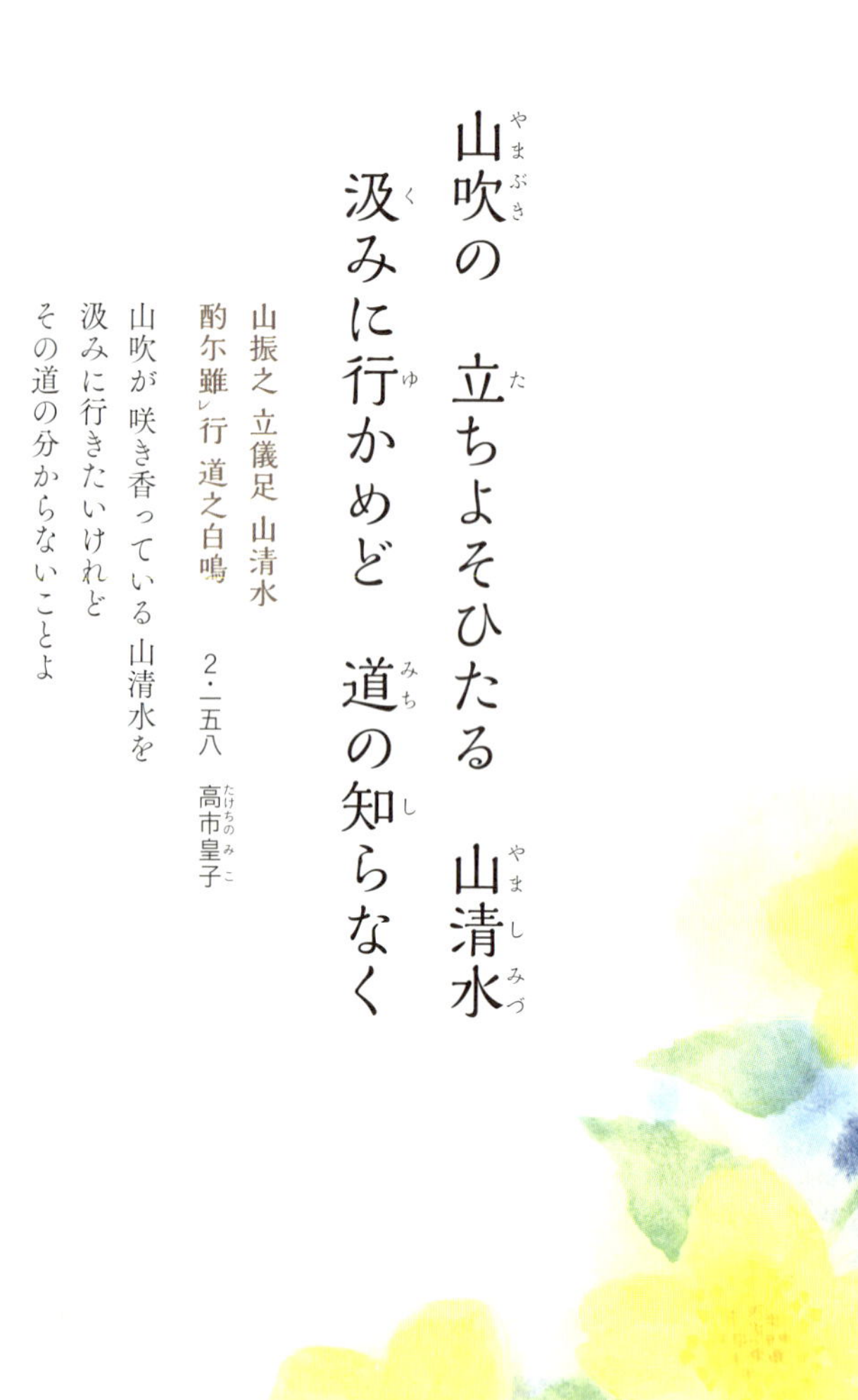

鳥子 この歌を読んだ時、挽歌と気づかなかったんです。「死」って言葉も無くて分かりづらくて…。

先生 今と同じく、歌でも「死」という直接表現を避けるので、最初は難しく感じるだろうね。この歌では「山清水　汲みに行かめど」、つまり**「山に行く」が死を意味し、「死者に会いに行く」**ということになる。**亡くなった人は山にいる**という感覚なんだね。山に埋葬する習慣もあったけれど、当時の人にとって**異界の一つが山**だった。海と空もだけど、人が歩いて行けない場所が当時の異界なのね。山の彼方には黄泉(よみ)の国がある。

鳥子 前頁の挽歌を読んだ時、相聞歌と似ているように感じたのですが、どうしてでしょう？

先生 挽歌は大前提として、**大切な人を失わない限り詠まれない歌**です。でも大切な人を失った当人は、悲しくて歌なんか詠めないよね。だから最初は、当人の代わりに誰かが詠むという形で成立した。本人の気持ちを代弁した歌を、配下の人が献上したんだね。それが日本最古の挽歌です。

鳥子 新しい分野の歌を作るって大変そう…。

先生 苦労したと思うよ。悩んだ結果、恐らく既に存在していた相聞歌を使ったんだろうと。

鳥子 「あなたが居なくて恋しい」のは同じですもんね。

先生 だから**挽歌は、二度と逢えない相聞歌**として始まったんだろうと思う。やがて、「死」を詠むことを覚え、挽歌として独立した。まあ、失恋の歌は、恋愛の挽歌かもしれませんが（笑）。

鳥子 うわあ、名言ですね！

先生 この歌は十市皇女(とおちのひめみこ)が亡くなった時に、高市皇子(たけちのみこ)によって詠まれたんだけど、なぜ逢いに行くことを「汲みに行かめど」と歌うのか分からない。俺は、なんだか妙に冷たく感じるんだよね。

鳥子 水を汲んでどうするんでしょう…。結局「行きたいけど行けない」という言葉で終わるのが、冷たく感じるのかも。皇子の気持ち、気になります…。でも挽歌の基本に触れて、少し読むコツが掴めました！　後は読み慣れるだけかなあ…。

先生 毎日読むと、段々と歌を味わえるようになるよ。

裏ベストソング集

万葉集には、まだまだオススメしたい歌がたくさんあります。鳥子のイチオシ歌から選んだ十首、先生と鳥子の解説にてお送りします！

先生

鳥子

磯城島の　大和の国は
言霊の　助くる国ぞ　ま幸くありこそ

巻13・三二五四　人麻呂歌集

（しきしまの）大和の国は 言霊の
助けてくださる国です どうぞご無事で

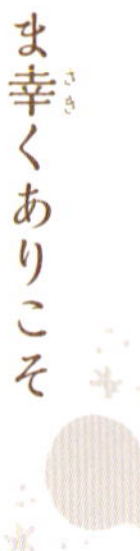

言霊の助けなんて、最高のお守りですね！

それを真っ向から信じていたとは思えないけどね。

大汝　少彦名の　神こそば　名付けそめけめ
名のみを　名児山と負ひて
我が恋の　千重の一重も　慰めなくに

巻6・九六三　大伴坂上郎女

大国主と少彦名の神こそが
名付けたというけれど
「なごむ」名児山と 名前ばかりで
私の積み重なる想いの千に一つも
慰めてくれないことよ

大国主と少彦名は『古事記』に出てくる出雲の神様で、一緒に国造りをしたんです。二人で名前を付けた山があったなんて！

万葉集にはイザナキ、イザナミは登場しない。この二柱の神が基本だったと思うよ。

浅緑　染め掛けたりと　見るまでに
春の柳は　萌えにけるかも

巻10・一八四七　作者不明

淡い緑色の糸を染め掛けたと見えるまでに
春の柳は芽吹いていることだ

柳の新緑を、染めた糸に見立てるなんて！生活を垣間見たよう。

緑はもともと色名じゃなくて、若芽の意味だったらしいよ。

北山に　たなびく雲の　青雲の
星離れ行き　月を離れて

巻2・一六一　持統天皇

北山にたなびく雲の青雲は
星を離れ行き
月をも離れて

歌から見える景色が、とてもロマンチック！

これは旦那さんが亡くなった時の挽歌だから、ロマンチックってのはちょいとなぁ。

君が行く　道の長手を　繰り畳ね
焼き滅ぼさむ　天の火もがも

巻15・三七二四　狭野弟上娘子

あなたの行く長い道のりを繰り畳み
焼き滅ぼしたい 天の火が欲しい

情熱的！流罪になり、遠く離れる夫に向け、詠んだ歌なんですね。

本当に強い歌！でも恋の相手の方の歌はしょぼいのが多いんだ。

人言を　繁み言痛み
己が世に　いまだ渡らぬ　朝川渡る

巻2・一一六　但馬皇女

人の噂が多くうるさく私の人生で
いまだ渡ったことのない 朝の川を渡ります

慣習に縛られず、自分から逢いに行くなんて積極的…！

お相手は穂積皇子。この二人最後は結ばれたようです。

かにかくに　人は言ふとも
織り継がむ　我が機物の　白き麻衣

巻7・一二九八　作者不明

あれこれと人は言おうとも織り継ぎたい
私が機織る 白い麻衣を

こんな風に「自分に真っ直ぐでいたい」と思わせてくれる歌です！

「白き麻衣」が相手の男性のたとえになっているんだ。

梅の花　降り覆ふ雪を　包み持ち
君に見せむと　取れば消につつ

巻10・一八三三　作者不明

梅の花に 降り被る雪を包んで持ち
君に見せようと 取るそばから消えていきます

淡く儚い景色と、恋人への優しい心にキュンとします♡

「消につつ」が消えゆく雪の見事な描写です。

我妹子が　夜戸出の姿　見てしより
心空なり　地は踏めども

巻12・二九五〇　作者不明

君が 夜中に戸口から出ていた姿を見てからは
心がうわの空だ 足で地を踏んでいるのに

こういうドキドキ感、ふわふわした夢心地、わかります…！

女性の夜の外出を詠んだ数少ない歌。どんな様子だったのだろう。

み吉野の　象山の際の　木末には
ここだも騒く　鳥の声かも

巻6・九二四　山部赤人

美しい吉野の象山の梢に
こんなにも囀る鳥の声よ

山の梢から聴こえる、平地にはいない鳥の声が、きっと珍しかったんでしょうね…♪

鳥の姿はなく、声のみ。その声によって静けさが浮かび上がる。ウマイ！

別格

春の野に　すみれ摘みにと　来し我そ
野をなつかしみ　一夜寝にける

春野尓　須美礼採尓等　来師吾曾
野乎奈都可之美　一夜宿二来

8・一四二四　山部赤人

春の野にすみれを摘もうと来た私は
野に心惹かれて一夜眠ってしまった

美しい情景とほのかに恋をも感じさせるこの歌は、『源氏物語』をはじめ江戸時代の歌人にまで引用されました。地味だけれども優しく繊細な表現が、長く愛され続けてきた理由なのかもしれません。あえて小さなスミレを選ぶ奥ゆかしさに魅せられました。

鳥子　花

我(わ)がやどの　いささ群竹(むらたけ)
吹(ふ)く風(かぜ)の　音(おと)のかそけき　この夕(ゆふへ)かも

和我屋度能　伊佐左村竹
布久風能　於等能可蘇気伎　許能由布敝可母

19・四二九一　大伴家持(おほとものやかもち)

わが家の　わずかな群竹に
吹きゆく風の　音のかすかに聞こえる
この夕暮れよ

この歌は大伴家持渾身の作「絶唱三首」の二首目。三首目は56頁の歌（うらうらに…）です。歌の中で、家の中に居るであろう家持の目に、群竹は見えていません。夕暮れに葉を揺らすかすかな春の風を、音として感じとる彼の繊細にして豊かな感受性に強く心惹かれます。

天の海に　雲の波立ち
月の舟　星の林に　漕ぎ隠る見ゆ

天海丹　雲之波立
月船　星之林丹　榜隠所レ見

7・一〇六八　人麻呂歌集

天の海に雲の波は立ち
月の舟が星の林に
漕ぎ隠れゆくのが見える

天、海、雲、波、月、舟、星、林…。この歌に詠まれているのは、どれも見慣れた言葉ばかりです。でもそれが歌の中で組み合わさると、こんなにも不思議な風景を生み出すことができる。その驚きが、万葉集に惹き込まれるきっかけになりました。余白のある言葉と、それが重なる度にイメージが移ろう様は、歌ならではの味わいだと感じています。当時の人とは違うものでも良いと思います、自分だけの画を心に浮かべてみてください。

先生、私も「別格歌」が見つかりました♪万葉集はとても奥が深くて、いろんな楽しみ方があるんですね！つい「今の自分」の視点だけで読んでいたので…

今生きている時代を基準に読むしかないけれど、それに**囚われたまま読んではいけない。**「鴨やオシドリはツガイで居るのが普通」といった**当時の概念を知っておく**と、より歌に近づけるよ。

歌から楽しむだけじゃなく、詠まれた場所に行って、歌を思い出しながら景色を楽しむのも、いいかもしれませんね。

そうだね。**奈良の吉野**（134頁）**や、富山の澁谿（しぶたに）**（135頁）**はオススメの万葉スポット**だよ。歌を持たない民族はない。だから歌をもっと身近に感じて欲しいな。

歌をたくさん読むと「古典力」が身に付く。すると、いろんな作品に触れた時に役に立つんだ。和歌・物語・絵・工芸・着物の柄なんかも、**有名な歌をモチーフに作られたものが多くある**から「これはあの歌だ！」と気付くと、何倍も深く楽しめる。歌を知れば知るほど、そういう楽しみが増えていくよ。

先生の講座には、これから万葉集を読んでいくためのヒントが、たくさん詰まっていました。先生、本当に有難うございました！

こうして鹿先生の
万葉集講座を終えた鳥子ちゃんは
歌のいろんな楽しみ方を知りました

正面から きちんと入って
難しいことを勉強するのではなく
裏口から ひょっこり入って
気楽に万葉集に触れる
そんなきっかけに なったでしょうか

ぜひあなたも
お気に入りの一首を
見つけてくださいね

監修者の言葉

一『万葉集』のお勝手口

子供の頃、サザエさんを見ていて驚いたことがある。三河屋さんが注文を取りに来たのだ。「ちわーっ、何かご用ありますか?」とやって来た。それだけではない、三河屋さんが入って来るのは玄関ではなく、台所のすぐ横の入口だったのである。「サザエさんの家には玄関が二つもある。」子供心に憧れた。少し大人になると、昔、注文聞きは普通であったこと、あの入口はお勝手口と呼ばれ、玄関とは違う通用口であったことを知るようになる。

この本は『万葉集』のお勝手口である。すっぴんのサザエさんやフネさんがいたり、カツオ君がつまみ食いしていたり、そんな素顔の『万葉集』に触れられる。だから、これといった作法は不要である。この本はどこから開いても大丈夫。鳥子さんと鹿先生(念のためにいうと、鹿先生の人格と僕の人格とは違うと思っている)との会話から、『万葉集』の楽しさを感じて欲しい。鳥子さんが描いた優しい絵とともに歌を味わって欲しい。『万葉新聞』を拾い読みしてもらっても構わない。

普通、『万葉集』の表玄関から入ると、『万葉集の成立』、『万葉集の時代背景』、『万葉歌人の紹介』といったように漢字と漢字を「の」でつないだだけの厳(いか)めしい屏風が立ち並ぶ。それはそれで重要なことだし、覚えておくと何かと便利なのだけれど、『万葉集』は

『万葉集』の成立
八世紀中頃から後半。まだひらがなやカタカナがなかったため、全て漢字で記されている。

『万葉集』の時代背景
飛鳥時代から奈良時代にかけて。万葉の時代は六二九年〜七五九年の一三〇年と覚えておけば間違いない。

『万葉歌人の紹介』
有名歌人としては、額田王、柿本人麻呂、大伴旅人、山上憶良、大伴家持があげられる。

歌集なんだから歌を読もうよ。それがこの本の基本である。

二　歌を読もうよ

「歌を読もうよ」と、簡単に書いたものの、多くの方々にとって、『万葉集』は難しいと思われている。今この文章を読んでいらっしゃるあなたもその一人かも知れない。なにしろ一三〇〇年も前に書かれたものなのだから、それはそれでやむを得ない。けれども、その『万葉集』は難しいという先入観を消し去るために、この本がある。あの面倒くさそうな古典文法は後から付いてくるもの、気にする必要はない。それを補うに余りある魅力が『万葉集』にはある。歌を読もう。たとえば次の二首。

朝寝髪(あさねがみ)　我は梳(けづ)らじ　うるはしき　君が手枕(たまくら)　触(ふ)れてしものを（11・二五七八）

うるはしと　思ふ我妹(わぎも)を　夢(いめ)に見て　起きて探るに　なきが寂(さぶ)しさ（12・二九一四）

朝の目覚め、昨夜貴方が触れたこの髪はそっとしておきたい。夜中の目覚め、夢と現実との落差を嘆く。経験の有無は問わない。その時々の感情を十分に理解できるのではないだろうか。恋の歌ばかりではない。

時は今　春になりぬと　み雪降る　遠き山辺に　霞たなびく（8・一四三九）

秋風は　涼しくなりぬ　馬並めて　いざ野に行(ゆ)かな　萩の花見に（10・二一〇三）

二五七八の大意
朝寝の髪をとかすことはしません。あなたの手枕が触れたのですから。

二九一四の大意
美しいお前を夢に見て、はっと布団をまさぐっても寂しいだけ。

一四三九の大意
ついに春になったと雪の降っていた高い山にも霞がたなびいている。

二一〇三の大意
秋風は涼しくなった。馬を並べて萩の花を見に行こうよ。

春になると雪の降る向こうの山に霞がたなびく。暑い夏が終り、ちょっと遠出をして、秋の花見に行こうよと誘う。ここに掲げた歌々は、平城京（現在の奈良市）に住む人々が詠い楽しんだものである。それを一三〇〇年後の我々も同じように楽しめる。これほど昔の歌を現代でも楽しめるという言語環境は、地球規模で見ても滅多にない。では、何故楽しめるのか？さぁ、難しくなってきた。

三 共有・同期する喜び

我々は一人では生きて行けない。他者と仲良くなったり、対立したりすることを通じて、自分を認識する。仲のよい他者（その他者は家族でも友人でも恋人でもかまわない）と一緒に旅行をしたり、お酒を飲んだりすることは、本当に楽しい。そして、「このあいだ、楽しかったよねぇ」と振り返ることもしばしばである。こうした楽しさに共通しているのは、他者と楽しさを共有し、お互いがお互いの感情に同期することである。喜びばかりではない、悲しみも共有・同期することによって、その悲しみを癒すことが可能になる。この他者との共有・同期こそ、自分が一人ぼっちではないことの証しなのである。

そこで歌。歌の基本は一人称の私にある。先に見た恋歌も私の恋心、私の寂しさが詠まれている。季節の歌も私が感じた春の訪れ、私が見たい萩の花である。それは、誰かの感情でもなければ、彼や彼女の感情でもない、私の感情である。

「あなたはどなた？」

「えっ？ わたしですか？ わたしはわたしです。」

平城京
万葉の時代、都は飛鳥→藤原→平城京へと遷（うつ）っていった。また、一時期、大阪府大阪市や滋賀県大津市に都を構えたこともあった。都を遷すことによって、旧都は寂れてしまい、それを悲しむ歌が登場するようにもなった。

恋の歌
約四五〇〇首ある万葉歌の中で圧倒的に多いのが恋の歌。しかも逢えない悲しみを歌う歌が多い。逢っているときは歌なんて歌わなくても楽しい。

「いやー、そうなんですか。実はわたしもわたしなんです。」

禅問答ではない。我々は誰しもが私であり、その私の悲しみや喜びを表しているのが歌なのである。歌の中の私の感情は、多くの人と共有可能なのである。歌の中の私と、歌を読む側の私の喜びや悲しみが同期すると、歌は急に優しくなる。歌は私たちの前に開かれる。もう一度さきほどの四首をそれぞれの私の気持ちになって読んでみて欲しい。それは簡単なこと。歌の中の私も、読む私も、私だから。

歌の基本
歌は「わたし・今・ここ」の表現を得意とする。「見れば悲しも」は「私が今、それを見ると、私は悲しい。」という意なので、同期しやすい。

四 好きな歌探し

鳥子　「鹿先生、先生のいうことはわかったけれど、じゃ、どうすればいいの？」

先生　「鳥子さん、それは好きな歌を見つけること、これに限るね。」

『万葉集』を読んでいると、鳥肌の立つことがある。一期一会の瞬間である。「私の歌」を見つけた瞬間である。けれども、四五〇〇首もあると、それはそうそう訪れないし、ちょっと読んだだけでは何を歌っているのかわからない歌も確かに存在する。そこで本書の出番だ。本の中に「ちょっといいフレーズだな」、「この気持ちわかるわぁ」、そんな歌があったら、是非、実際に声に出して読んでみて欲しい。トイレの中でも布団の中でも構わない。歌の一部だって構わない。「君が手枕　触れてしものを」、「起きて探るに　なきが寂しさ」。少しでも心の動きを感じたら、それはもう「私の歌」である。そして、「私の歌」が増えてくると、何かに触れて心が動いた時に「私の歌」が心に浮かぶようになる。どうしてそういうことが起きるか、僕にはわからない。わかるのは、「私の歌」がその時の喜びを深めてくれること、悲しみを癒してくれることだけである。
最後に、僕にとっての一期一会の歌を。

近江の海　夕波千鳥　汝が鳴けば　心もしのに　古へ思ほゆ　（3・二六六）

『万葉集』を代表する歌人・柿本人麻呂の一首。「近江の海」は琵琶湖。ここには以前都があったけれど、壬申の乱で滅びてしまった。その湖畔に立っていると、夕陽の中、千鳥が鳴く。千鳥は今も昔も鳴いている。鳴き声も変わらない。その千鳥はかつての都の繁栄を知っているわけもない。それでも、お前の鳴き声を聞くと、心もしおれてしまうほど、いにしえのことが思われてならない。心の共有を果たすことができるわけもない千鳥に呼びかけて、心の共有を求める。それは絶望的に不可能である。でも、僕は、その絶望的に不可能な要求をする「私」の心に同期してしまう。それは僕の一方的な共有でしかないだろう。でも、それでいいと思う。この歌は「私の歌」だから。

近江の都
近江大津宮は、六六七年から六七二年までの都。六七二年に起きた、古代最大の戦乱・壬申の乱によって滅びる。

本書は、本文を担当されたお三人、その三人を束ねられた編集の親谷和枝さん、全ページカラー印刷の決断を下された西日本出版の内山正之社長、助手として裏方に徹してくれた阪上望さんに、すぐ文句を言う僕を加えた7名で、何度も検討会を開いて制作したものです。皆さん、数え切れないダメ出し、申し訳ありませんでした。

あとがき

「万葉集をもっと知りたい！」。鳥子ちゃんと同じように先生のお部屋の扉を叩いたのは、一年前の秋でした…。

そもそも私たち三人は、月に一度ほど集まり、古典作品を楽しむ仲でした。特に古事記の奇想天外な話に惹かれたのですが、大事な場面で詠まれる歌が気になり、日本最古の歌集『万葉集』を読んでみよう！と、思い立ちました。

歌といえば、思い出すのは百人一首。万葉集もきっと似たようなものだろう…そう思っていました。でも読んで感じたのは、百人一首にはない力強い言葉の響きや、大らかさだったのです。丁度、同じ歌が両方にあります。

万葉集

田子の浦ゆ　うち出でて見れば
真白にそ　富士の高嶺に　雪は降りける
（3・三一八　山部赤人）

百人一首

田子の浦に　うち出でて見れば
白妙の　富士の高嶺に　雪はふりつつ
（第四番　山部赤人）

百人一首の方が柔らかく繊細で、景色を直接見ているというよりは伝え聞いたような、ぼんやりとした印象に感じます。

後の時代の感覚に沿うようにアレンジされたからだそうですが、同じ景色を詠んでもこんなに歌の印象が違うと知った時、より深く自然と繋がっている万葉の人々が何を見て、どんな風に感じ、歌でどう伝えようとしたのか、その心をもっと知りたくなりました。

そうして読み進めるうち、自分だけの「別格歌」に出逢えたのも嬉しい経験です。他の頁の訳などは三人で考えたものですが、別格頁はそれぞれが訳と解説を書きました。自分なりに訳してみることで、さらに歌への理解も深まったように思います。

古事記をはじめ古典の物語の多くには、途中で歌が登場します。それはお芝居の途中に歌が入るミュージカルと同じで、話し言葉より気持ちが伝わるからなんです。本書でご紹介した歌の中から、次の物語を楽しむ種を拾って頂けたら…自分だけの歌に出逢うきっかけとなれば、嬉しく思います！

最後になりましたが、執筆にあたり、熱心にご指導頂きました村田右富実先生、ご協力頂いた助手の阪上望様・ゼミ生の皆様、温かい目で見守ってくださった編集の親谷和枝様、この本を作る機会を与えてくださいました西日本出版の内山正之社長に深く感謝いたします。万葉のこころが、少しでも読者の皆様に届きますように…。

松岡文・まつしたゆうり・森花絵

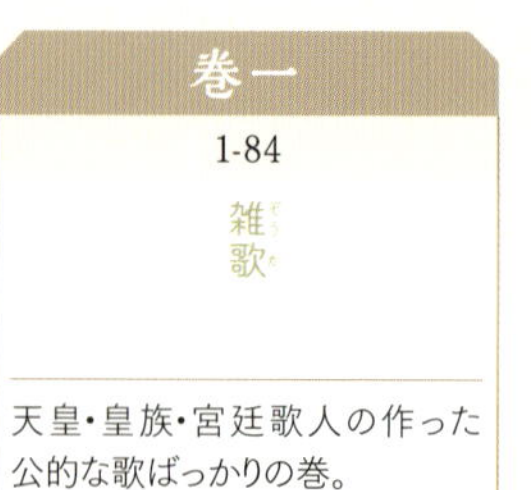

巻一

1-84
雑歌(ぞうか)

天皇・皇族・宮廷歌人の作った公的な歌ばっかりの巻。

巻二

85-140	141-234
相聞(そうもん)	挽歌(ばんか)

天皇・皇族・宮廷歌人を中心とする相聞歌や公的な挽歌の巻。

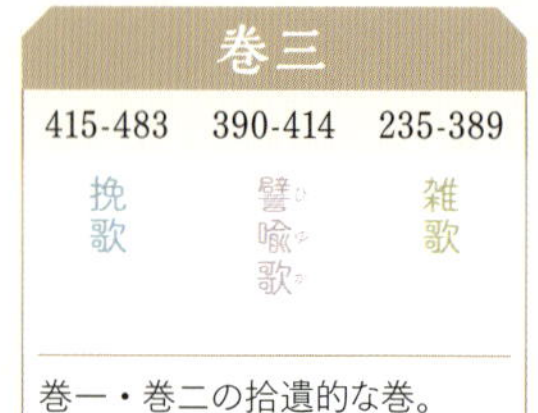

巻三

235-389	390-414	415-483
雑歌	譬喩歌(ひゆか)	挽歌

巻一・巻二の拾遺的な巻。

巻七

1068-1295	1296-1403	1404-1417
雑歌	譬喩歌	挽歌

作者不明の歌の巻。巻三と同じ構成。

巻八

1418-1464	1465-1510	1511-1635	1636-1663
春	夏	秋	冬

作者の分かる四季分類の巻。四季ごとに雑歌と相聞に分けている。

巻十一（上）

2351-2367	2368-2414 2517-2618	2415-2507 2619-2807	2508-2516 2808-2827	2828-2840
旋頭歌(せどうか)	正述心緒(せいじゅつしんしょ)	寄物陳思(きぶっちんし)	問答歌(もんどうか)	譬喩歌

古今相聞往来歌類（上・下巻）の巻。作者不明の相聞歌を多く集めた。

巻十三

3221-3247	3248-3304	3305-3322	3323	3324-3347
雑歌	相聞	問答歌	譬喩歌	挽歌

長歌ばっかりの巻。作者・時代の分からない長歌集。宮廷の歌が多い。

巻十四

3348-3577
東歌(あずまうた)

都の遠く、東国に暮らす人々の歌の巻。全て作者不明で方言が特徴。

巻十七

3890-3926	3927-4031
在京 746年-730年	越中 748年-746年

巻十八

4032-4138
越中 750年-748年

巻十七～二十は、ほぼ家持の歌日誌の巻。越中に赴任前、赴任中、そして帰京後の歌が収められている。

巻四

484-792　相聞

恋歌だけの一巻。後半下手な歌が多い。

巻五

793-906　雑歌

憶良(おくら)と旅人(たびと)の巻。前半は旅人の手元にあった手紙。後半は憶良歌。

巻六

907-1067　雑歌

行幸など、歌でつづった聖武朝の歴史の巻。巻一と同じで雑歌のみ。

巻九

1664-1765	1766-1794	1795-1811
雑歌	相聞	挽歌

唯一三大部立を持つ巻。人麻呂歌集など私家集から取った歌が多い。

巻十

1812-1936	1937-1995	1996-2311	2312-2350
春	夏	秋	冬

作者不明の四季分類の巻。四季ごとに雑歌と相聞に分けていて、秋の雑歌には七夕歌が多くある。

巻十二（下）

2841-2850 2864-2963	2851-2863 2964-3100	3101-3126 3211-3220	3127-3179	3180-3210
正述心緒	寄物陳思	問答歌	羇旅発思(きりょはっし)	悲別歌(ひべつか)

巻十五

3578-3722	3723-3785
遣新羅使(けんしらぎし)人(じん)の歌	中臣朝臣(なかとみのあそみ)宅守(やかもり)と狭野弟上(さののおとがみ)娘子(おとめ)の贈答歌

前半は遣新羅使人の歌、後半は中臣朝臣宅守と狭野弟上娘子の贈答歌の巻。

巻十六

3786-3889　有由縁歌(ゆうゆえんか)并(あ)わせて雑歌

物語的な背景をもつ歌や、各地の民謡などを集めた巻。変な歌がとても多い。

巻十九

4139-4256	4257-4292
越中 751年-750年	帰京後 753年-751年

巻二十

4293-4516

帰京後（防人歌(さきもりうた)あり）
759年-753年

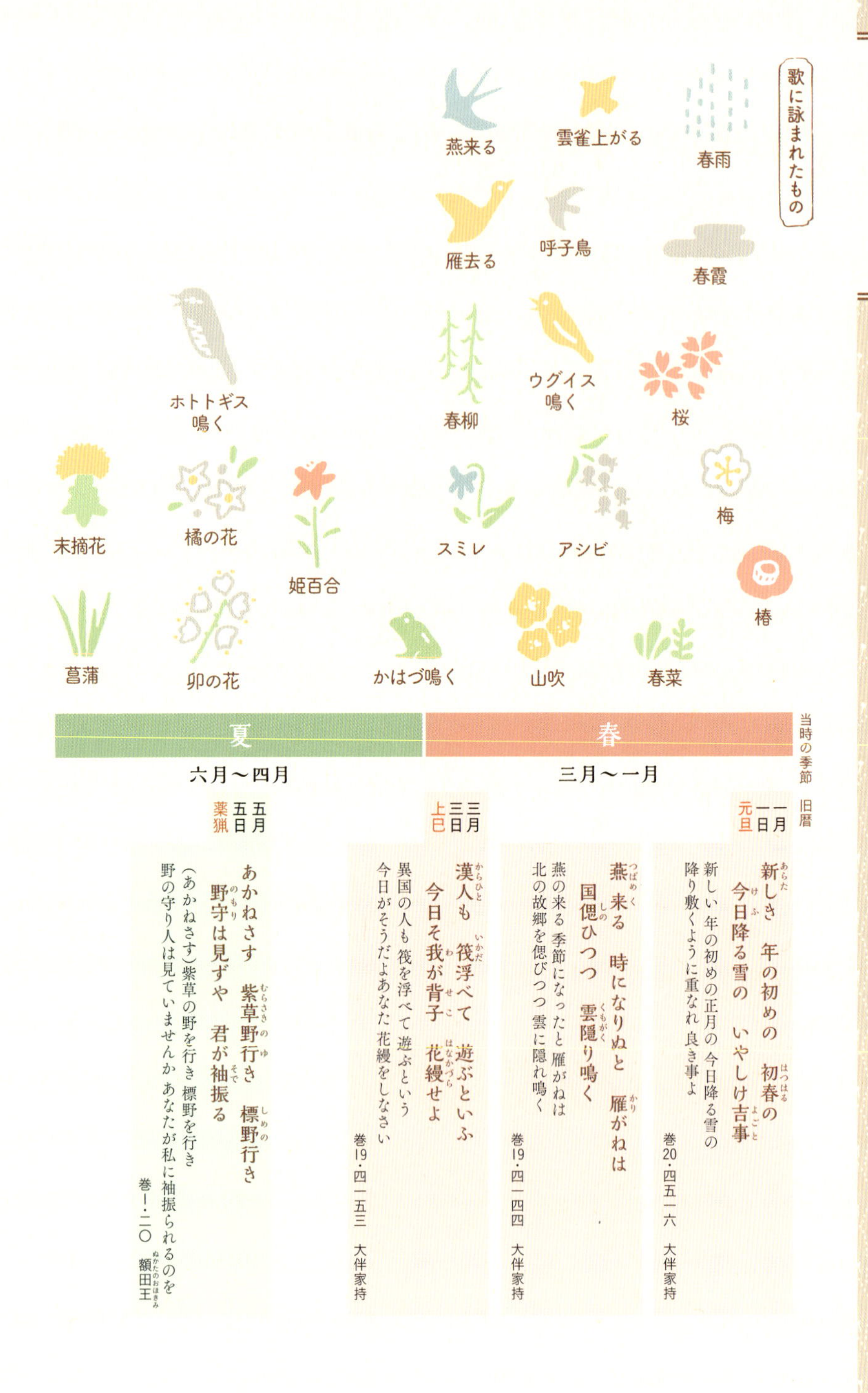

当時の季節	春	夏
	三月〜一月	六月〜四月

旧暦

一月一日 元旦

新しき 年の初めの 初春の 今日降る雪の いやしけ吉事

新しい年の初めの正月の今日降る雪の降り敷くように重なれ良き事よ

巻20・四五一六 大伴家持

燕来る 時になりぬと 雁がねは 国偲ひつつ 雲隠り鳴く

燕の来る季節になったと雁がねは北の故郷を偲びつつ雲に隠れ鳴く

巻19・四一四四 大伴家持

三月三日 上巳

漢人も 筏浮べて 遊ぶといふ 今日そ我が背子 花縵せよ

異国の人も筏を浮べて遊ぶという今日がそうだよあなた花縵をしなさい

巻19・四一五三 大伴家持

五月五日 薬猟

あかねさす 紫草野行き 標野行き 野守は見ずや 君が袖振る

（あかねさす）紫草の野を行き標野を行き野の守り人は見ていませんかあなたが私に袖振られるのを

巻1・二〇 額田王

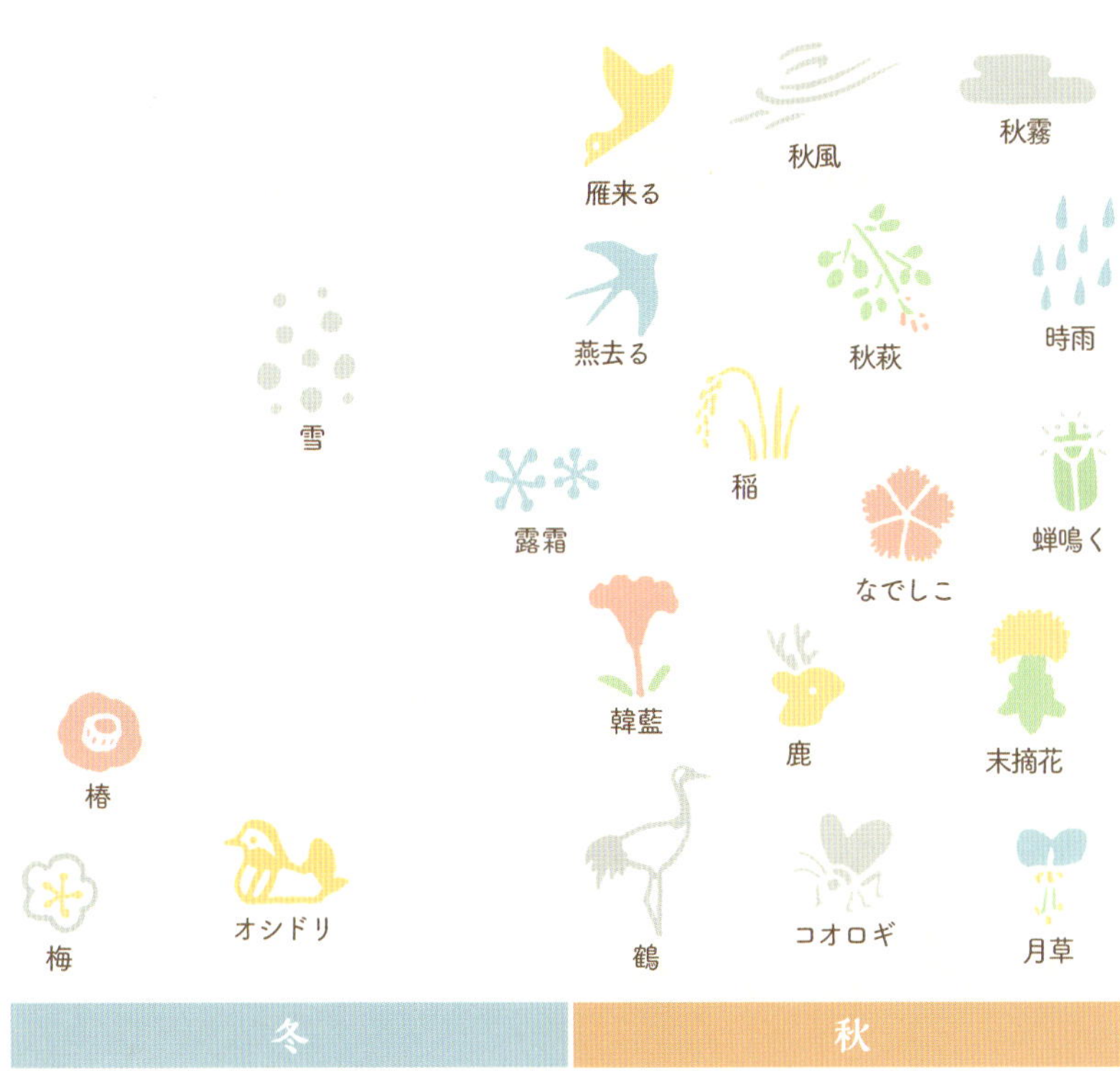

九月〜七月

十二月〜十月

七月七日　七夕

「天の川　梶の音聞こゆ…」

60頁

秋萩の　咲ける野辺には　さ雄鹿そ
露を別けつつ　妻問ひしける

秋萩の咲いた野辺では雄鹿が
露を別けつつ妻を鳴き求める

巻10・二一五三　作者不明

秋の田の　穂の上に霧らふ　朝霞
いつへの方に　我が恋止まむ

秋の田の稲穂の上に立ち込める朝霞のように
いつになったら私の恋心は晴れるだろうか

巻2・八八　磐姫皇后

十二月には　沫雪降ると　知らねかも
梅の花咲く　含めらずして

十二月には淡雪が降ると知らないのかしら
梅の花が咲きます蕾のままでいないで

巻8・一六四八　紀女郎

月数めば　いまだ冬なり
しかすがに　霞たなびく　春立ちぬとか

月を数えればいまだ冬だ
そうはいっても霞がたなびいている
春が来たというのだろうか

巻20・四四九二　大伴家持

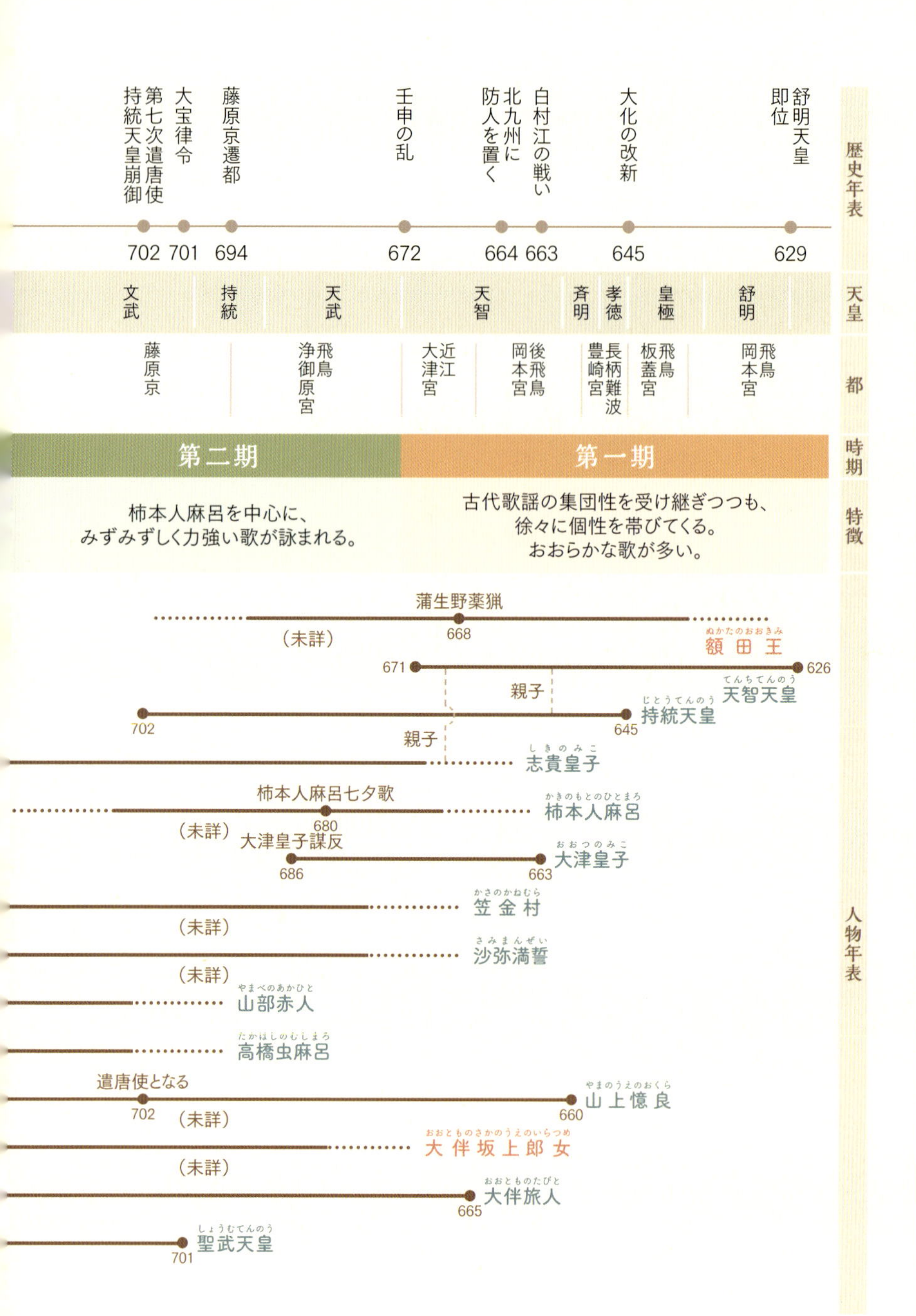

歴史年表
舒明天皇即位 629
大化の改新 645
白村江の戦い 663
北九州に防人を置く 664
壬申の乱 672
藤原京遷都 694
大宝律令 701
第七次遣唐使 702
持統天皇崩御 702
天皇
舒明
皇極
孝徳
斉明
天智
天武
持統
文武
都
飛鳥岡本宮
飛鳥板蓋宮
長柄豊崎宮
難波
後飛鳥岡本宮
近江大津宮
飛鳥浄御原宮
藤原京
時期
第一期
第二期
特徴
古代歌謡の集団性を受け継ぎつつも、徐々に個性を帯びてくる。おおらかな歌が多い。
柿本人麻呂を中心に、みずみずしく力強い歌が詠まれる。
人物年表
額田王（ぬかたのおおきみ） 蒲生野薬猟 668 （未詳）
天智天皇（てんちてんのう） 626 671
持統天皇（じとうてんのう） 645 702
親子
親子
志貴皇子（しきのみこ）
柿本人麻呂（かきのもとのひとまろ） 柿本人麻呂七夕歌 680 （未詳）
大津皇子（おおつのみこ） 663 大津皇子謀反 686
笠金村（かさのかねむら） （未詳）
沙弥満誓（さみまんぜい） （未詳）
山部赤人（やまべのあかひと）
高橋虫麻呂（たかはしのむしまろ）
山上憶良（やまのうえのおくら） 660 遣唐使となる 702 （未詳）
大伴坂上郎女（おおとものさかのうえのいらつめ） （未詳）
大伴旅人（おおとものたびと） 665
聖武天皇（しょうむてんのう） 701

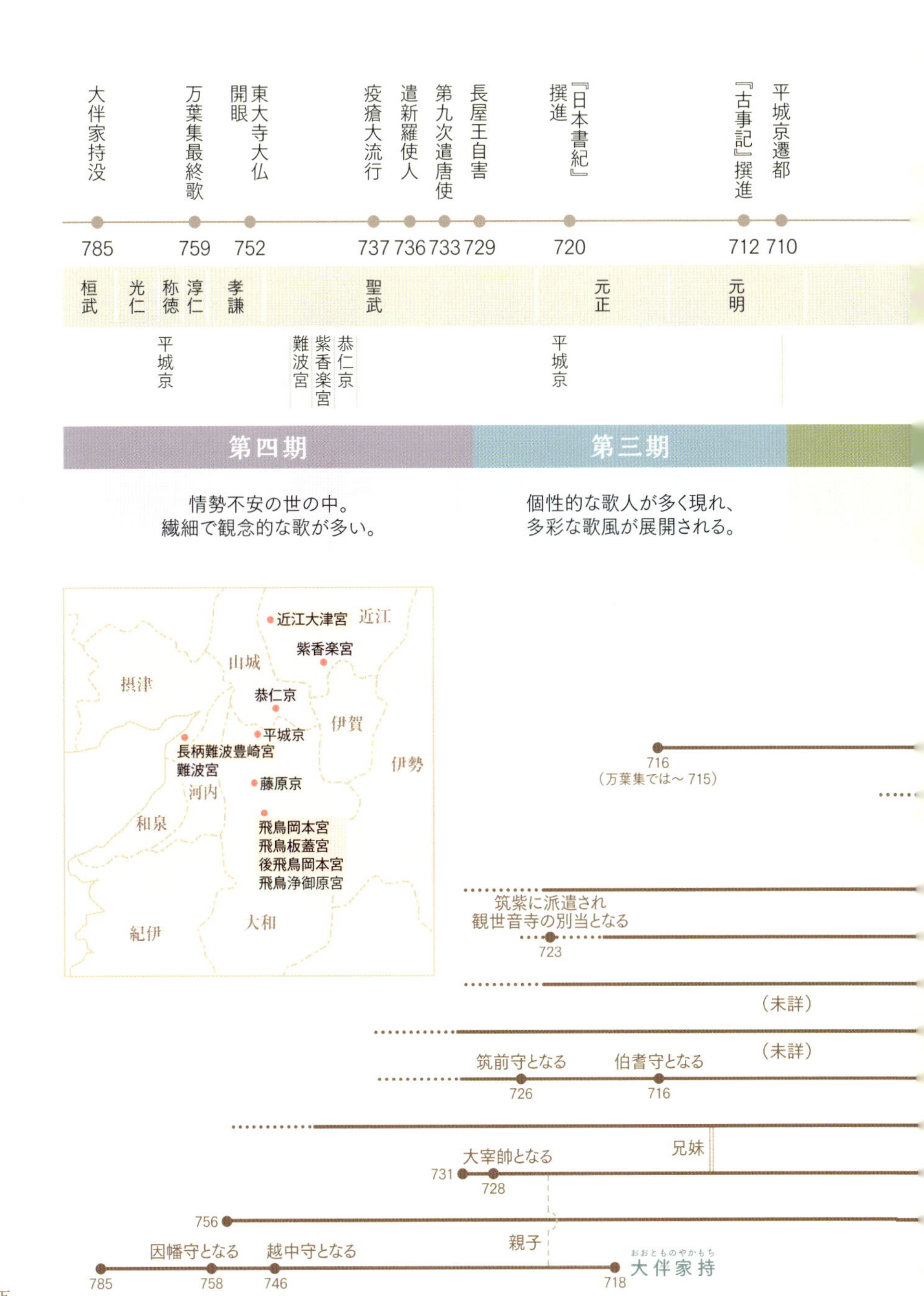

平城京遷都
710
『古事記』撰進
712
『日本書紀』撰進
720
長屋王自害
729
第九次遣唐使
733
遣新羅使人
736
疫瘡大流行
737
東大寺大仏開眼
752
万葉集最終歌
759
大伴家持没
785
元明
元正
聖武
孝謙
淳仁
称徳
光仁
桓武
平城京
恭仁京
紫香楽宮
難波宮
平城京
第三期
個性的な歌人が多く現れ、
多彩な歌風が展開される。
第四期
情勢不安の世の中。
繊細で観念的な歌が多い。
近江大津宮
近江
紫香楽宮
山城
摂津
恭仁京
伊賀
平城京
長柄難波豊崎宮
難波宮
伊勢
藤原京
河内
和泉
飛鳥岡本宮
飛鳥板蓋宮
後飛鳥岡本宮
飛鳥浄御原宮
大和
紀伊
716
（万葉集では～715）
筑紫に派遣され
観世音寺の別当となる
723
（未詳）
（未詳）
筑前守となる
726
伯耆守となる
716
兄妹
大宰帥となる
731
728
756
親子
おおとものやかもち
大伴家持
因幡守となる
越中守となる
785
758
746
718

大和

地名を手掛かりに当時の道程をたどってみましょう。筑紫への船も出る難波へは竹内街道や大和川を、アマテラスを祀る伊勢へは伊勢街道などを利用していました。

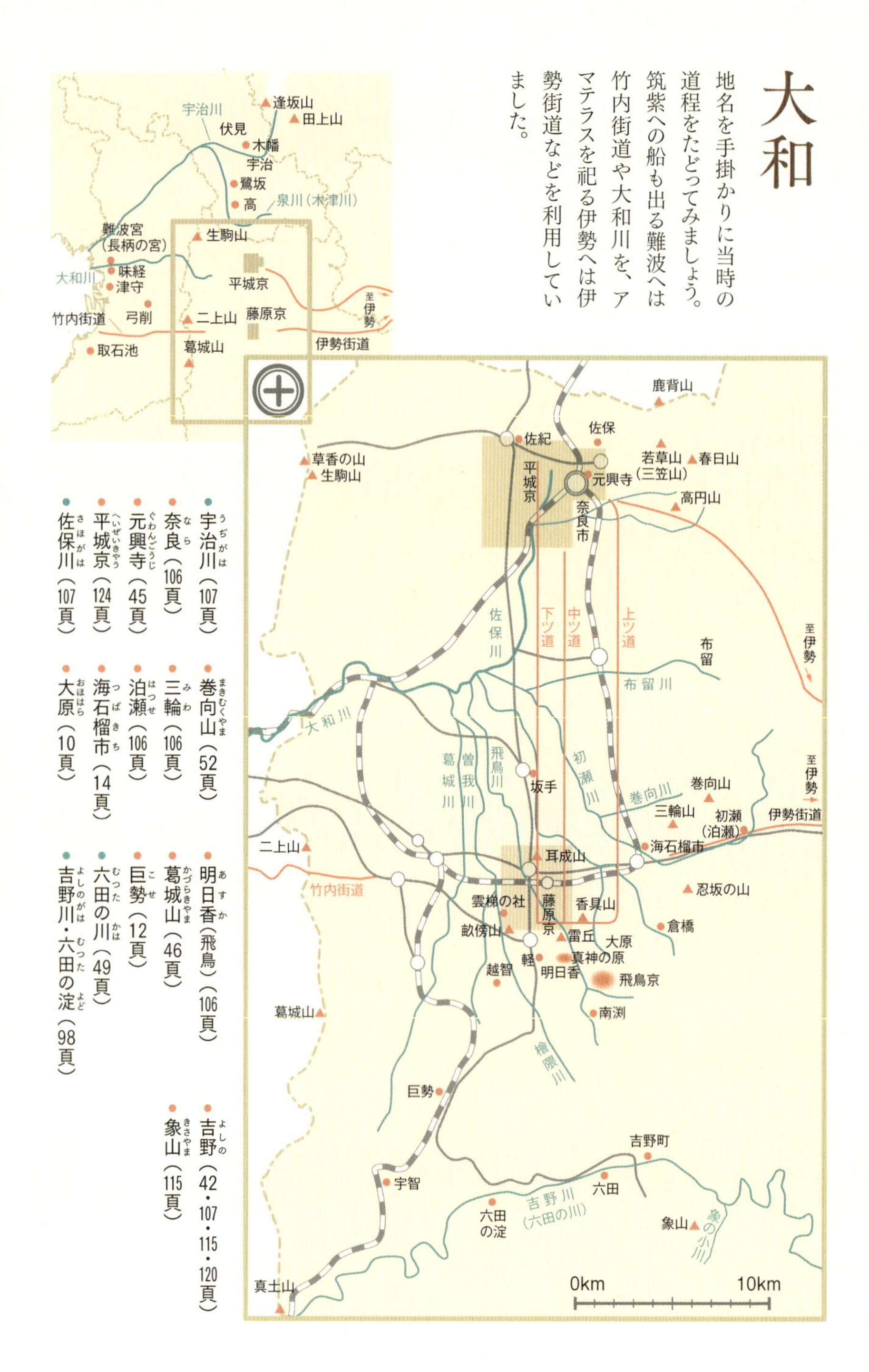

- 宇治川（107頁）
- 奈良（106頁）
- 元興寺（45頁）
- 平城京（124頁）
- 佐保川（107頁）
- 巻向山（52頁）
- 三輪（106頁）
- 泊瀬（106頁）
- 海石榴市（14頁）
- 大原（10頁）
- 明日香（飛鳥）（106頁）
- 葛城山（46頁）
- 巨勢（12頁）
- 六田の川（49頁）
- 吉野川・六田の淀（98頁）
- 吉野（42・107・115・120頁）
- 象山（115頁）

全国

枕詞を持つ地名は、当時でも有名な土地だったようです。全国の枕詞付き地名、何ヶ所行ったことがありますか。

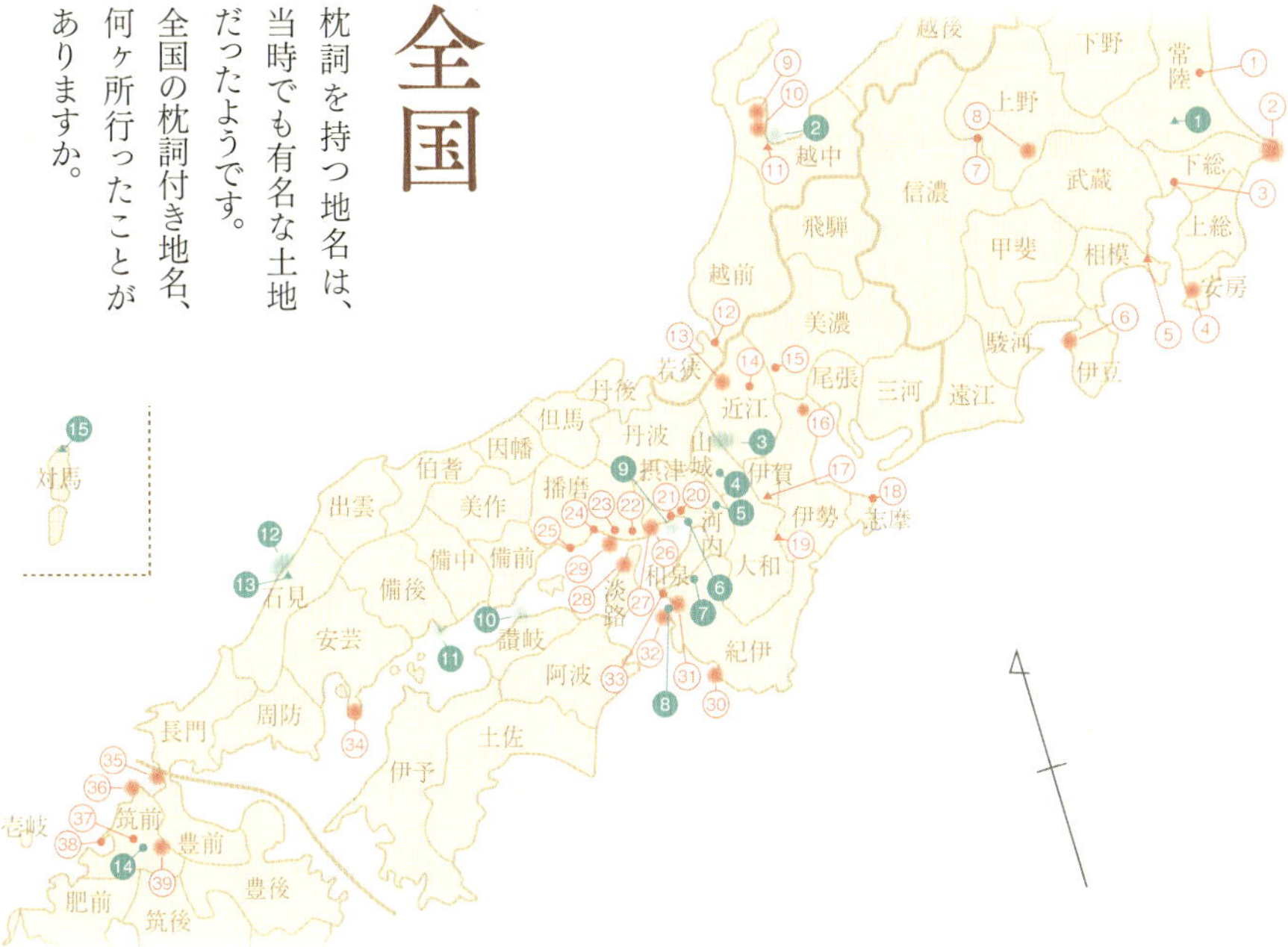

枕詞を持つ地名

東国

① 三栗の**那賀**
② あられ降り**鹿島**
③ にほ鳥の**葛飾**
④ 梓弓**末**
⑤ 薪伐る**鎌倉山**
⑥ 夏麻引く**海上潟**
⑦ ひなくもり**碓氷**
⑧ 草枕**多胡**

越の国

⑨ 梯立の**熊木**
⑩ つなし捕る**氷見の江**
⑪ かき数ふ**二上山**
玉櫛笥**二上山**
真十鏡**二上山**
⑫ ますらをの**手結が浦**

大和周辺～瀬戸内

⑬ 大船の**香取の海**
⑭ しなたつ**筑摩**
⑮ 高麗剣**和射見**
⑯ 我が畳**三重**
⑰ 沖つ藻の**名張の山**
⑱ 釧着く**答志の崎**
⑲ 我妹子を**去来見の山**
⑳ しなが鳥**猪名**
㉑ たまはやす**武庫**
㉒ 白菅の**真野**
㉓ 明日よりは**印南**
㉔ 天伝ふ**日笠の浦**
㉕ 玉藻刈る**辛荷の島**
㉖ 玉藻刈る**処女**
㉗ 玉藻刈る**敏馬**
㉘ 夏草の**野島**
㉙ 荒たへの**藤江の浦**
白たへの**藤江の浦**
㉚ 風早の**三穂**
㉛ 紫の**名高の浦**
㉜ ぬばたまの**黒牛潟**
㉝ 衣手の**真若の浦**
㉞ 我が命を**長門の島**

筑紫

㉟ ほととぎす**飛幡の浦**
㊱ ちはやぶる**金の岬**
㊲ 水茎の**水城**
㊳ 梓弓**引津**
㊴ 玉櫛笥**蘆城**

本で触れた地名

❶ 筑波山（14・15頁）
❷ 澁谿（120頁）
❸ 志賀（107頁）
❹ 木幡（110頁）
❺ 草香（85頁）
❻ 住吉（12・70頁）
❼ 妹山・背の山（100・101頁）
❽ 玉津島（25頁）
❾ 武庫の浦（80頁）
❿ あみの浦（24頁）
⓫ 鞆の浦（105頁）
⓬ 角の浦廻（94頁）
⓭ 高角山（95頁）
⓮ 大宰府（19・51・85・91頁）
⓯ 結石山（72頁）

＋α基礎知識と文法

一 一字一音表記・正訓字主体表記…万葉集の歌は全て漢字で書かれている

❖**一字一音表記**…一音に一字ずつ当てたもの

多麻河泊尓　左良須弖豆久利　佐良左良尓
奈仁曽許能児乃　己許太可奈之伎　（14・三三七三）

❖**正訓字主体表記**…漢字の意味をそのまま用いたもの

春楊　葛山　發雲　立座　妹念　（11・二四五三）

二 正述心緒・寄物陳思…巻十一・十二に見られる歌の分類

❖**正述心緒**…正に心緒を述べる。自分の気持ちをそのまま詠む

❖**寄物陳思**…物に寄せて思いを述べる。何かに託したり、何かに引っかけて詠む

三 柿本人麻呂歌集

人麻呂自身の歌、他人の作など三百六十余首が万葉集に残る歌集。原本は散逸。万葉集の原資料の一つ

四 時や場所を表す言葉

❖**こ**…here　この・ここ・これなどの近称

❖**かく**…like this　このように

❖**そ**…それ・その・そこなどの中称。「あれ・あの」などの「あ」はまだない。「こそあど」の「こそ」のみ

❖**ゆ・ゆり・よ・より**…from/through　～から、～を通っての意

【時】

❖**をつつ**…現在。「うつつを抜かす」の「うつつ」

❖**おく**…未来。「奥」と同義語

❖**ゆり**…未来

❖**きぞ**…昨夜

【場所】

❖**しま**…庭園

❖**には**…作業場。のちに「ば」になる

❖**その**…菜園

❖**やど**…家のあるところ

❖**みや**…天皇の居所

❖**みやこ**…「みや」のある地域

五 文法

❖**べし**…もともと、その上にあるものにOKと同意するのが「べし」。上が良いことなら良い意味、悪いことなら悪い意味になる。上のものにより意味が変わる

❖**らし**…視界外推量。「今ここにない」ことを推量する

❖**む**…「I will」の「む」（～しよう）

❖**けり**…気づきの「けり」。はっと気づく

❖**し**…強調の助詞　①「～し～ば」となれば大体強調の「し」（例）旅にしあれば　②「～し思ほゆ」の様に、自分の気持ちが来る

❖**ミ語法**…「A(を)Bみ」で、「AがBなので」（例）山(を)高み

❖**ク語法**…「言ふ」→「言はく」で「言うこと」という名詞になる（例）「見る」→「見らく」、「聞く」→「聞かく」

万葉仮名の誤解を解く！

「万葉仮名」とは、漢字の意味を捨てて、「音」として読むもののことです。万葉集の歌のすべてが万葉仮名で書かれているわけではありません。ご注意！

注

一 大津皇子……天武天皇の皇子である大津皇子（六六三～六八六）は、幼い頃から学問を好み、成長してからは武芸にも優れ、文武両道に秀でた信望の厚い皇子であった。一方、天武と皇后（後の持統天皇）との間に生まれた草壁皇子は、大津皇子よりも一歳年長であり、二人の間には皇位継承をめぐる確執があったと思われる。

天武天皇崩御直後、それが表面化する。『日本書紀』には「大津皇子、皇太子を謀反けむとす。」と記される。謀反発覚直後に捕縛され、翌日死を賜る。時に二十四歳であった。この謀反、草壁側の策略であった可能性が高い。

二 雁信の故事……紀元前一〇〇年、匈奴（中国北方の民族）に捕らえられた蘇武は、自分が無事であることを記した手紙を雁の足に結びつけて都に知らせたといわれる。この故事にちなみ手紙のことを「雁信」「雁書」「雁の使い」などと称するようになった。

三 遣新羅使……新羅へと遣わされた外交使節団のこと。万葉集・巻十五には天平八年（七三六）に派遣された遣新羅使の歌が、一四五首採録されており、この歌々を「遣新羅使人歌」と称する。この年の使節団は、当初春に難波を出航し、秋には帰国する予定であったが、途中難破するなど、苦難を極めた。しかも、新羅は日本からの国書を受け取らず、一行は辛い帰途につかざるを得なかった。翌年一月に帰国するものの、大使は途中で病を得、さらに二ヶ月帰京が遅れた。

そして、この年、九州から流行しはじめた「疫瘡」（天然痘ではないかといわれる）は、瞬く間に都にまで達し、政権の中心を担っていた藤原四兄弟をはじめ、多数の死者を出すに至る。日本はパンデミックの状況に陥った。この「疫瘡」は遣新羅使がもたらしたのではないかとする説がある。

四 浦島子……高橋虫麻呂（伝未詳）は伝説歌人と呼ばれるほど、歌の題材を伝説に求めた歌人である。浦島子の歌は、現代の我々もよく知っている浦島太郎のストーリーを歌った万葉集中の異色の作品であり、その登場人物「水江浦島子」は、人名を示す「子」以外すべて水にまつわる単語を並べている。ストーリーは、亀が登場しない点を除けば、浦島太郎とほぼ同じである。また、万葉集だけでなく、『日本書紀』や『逸文丹後国風土記』にも浦島子は登場する。浦島太郎は一三〇〇年以上に渡って語り継がれてきた昔話なのである。

虫麻呂は他にも、二人の男性に求婚され死を選んでしまう「菟原娘子」や「真間娘子」の伝説歌も残している。

五 題詞・左注……題詞とは、歌の前にあって詠作事情や作者などが記されている部分。『古今集』以降「詞書」と呼ばれる。歌の前には漢文や漢詩が記される場合もある。左注は歌の後ろ（左側）にあって、補足的な情報が記される。左注は、ない場合も多い。

（筆・村田右富実）

【表記について】

◆万葉集の読み下し本文・原文は、小学館『新編日本古典文学全集 萬葉集』を参考にしました。
◆口語訳で枕詞を指すものは（ ）でくくって示しています。

【参考文献】

『万葉事始』坂本信幸・毛利正守編、和泉書院
『新編日本古典文学全集 萬葉集』小島憲之・木下正俊・東野治之 校注・訳、小学館
『図解雑学 楽しくわかる万葉集』中西進、ナツメ社
『新日本古典文学大系 萬葉集索引』佐竹昭広・山田英雄・工藤力男・大谷雅夫・山崎福之編、岩波書店
『別冊太陽180 万葉集入門』神野志隆光監修、平凡社
『牧野和漢薬草大圖鑑』岡田稔監修、北隆館
『草木染 染料植物図鑑』山崎青樹著、美術出版社
『和漢三才図絵』寺島良安著、島田勇雄・竹島淳夫・樋口元巳訳注、平凡社
『日本動物大百科 鳥類Ⅱ』樋口広芳・山岸哲・森岡弘之編集、平凡社
『野鳥の名前』安倍直哉著、山と渓谷社
『野鳥大図鑑』真木広造著、永岡書店
『資料 日本歴史図録』笹間良彦著、柏書房
『山渓名前図鑑 野草の名前 春夏』高橋勝雄著、山と溪谷社
『図説「日本の楽器」』監修 吉川英史、編集委員 小島美子・藤井知昭・宮崎まゆみ、東京書籍

関連原画展やトークイベント、グッズなど情報を、お届けします♪
https://twitter.com/yomitaimanyoshu

監修❖**村田 右富実**（むらた・みぎふみ）

１９６２年生まれ、北海道小樽市出身。北海道大学大学院修了。現在、関西大学教授。上代日本文学専攻 博士（文学）。主著『柿本人麻呂と和歌史』（上代文学会賞受賞）、監修『わかる古事記』（太安万侶賞受賞）

助手❖**阪上 望**（さかうえ・のぞみ）

１９８６年生まれ。大阪府貝塚市出身。甲南大学文学部卒業。大阪府立大学大学院博士前期課程修了。現在、大阪府立大学大学院博士後期課程に在学し、村田右富実教授のもとで上代日本文学を学んでいる。

文❖**松岡 文**（まつおか・あや）

広島県出身兵庫県在住。イラストレーター。２００３年頃より活動。２００８年「zakkaな大阪」、２０１３年「マキノの庭のミツバチの国」〈共に西日本出版社〉イラスト担当。http://www.geocities.net/ayam_art/

絵と文❖**まつした ゆうり**

絵本作家・イラストレーター。大阪芸術大学デザイン学科卒。株式会社あちゃちゅむ企画を経て２０１２年から活動。２０１４年、絵本「シマフクロウのかみさまがうたったはなし」〈（公財）アイヌ文化財団〉出版。http://www.yuuli.net/

文❖**森 花絵**（もり・はなえ）

兵庫県出身。関西大学文学部日本史・文化遺産学専修在籍。古事記・万葉集に興味があり、ただ今勉強中。

よみたい万葉集

２０１５年２月23日 初版第一刷発行
２０１９年４月25日 　第四刷発行

監修 村田 右富実
助手 阪上 望
絵 まつした ゆうり
文・訳 松岡 文・まつした ゆうり・森 花絵

発行者 内山正之
発行所 株式会社西日本出版社
http://www.jimotonohon.com/
〒５６４-００４４ 大阪府吹田市南金田１-８-２５-４０２
[営業・受注センター]
〒５６４-００４４ 大阪府吹田市南金田１-１１-１１-２０２
ＴＥＬ：０６-６３３８-３０７８
ＦＡＸ：０６-６３１０-７０５７
郵便振替口座番号 ００９８０-４-１８１１２１

編集 親谷和枝
協力 小田芳寿・仲谷健太郎
デザイン 鷺草デザイン事務所
印刷・製本 株式会社シナノパブリッシングプレス

ISBN978-4-901908-94-8

西日本出版社・上代の本紹介

マンガ遊訳　日本を読もう

わかる古事記

著　者　村上ナッツ
マンガ　つだゆみ
監　修　村田右富実（大阪府立大学教授）

四六判並製 333P
本体価格 1400円
ISBN978-4-901908-69-6

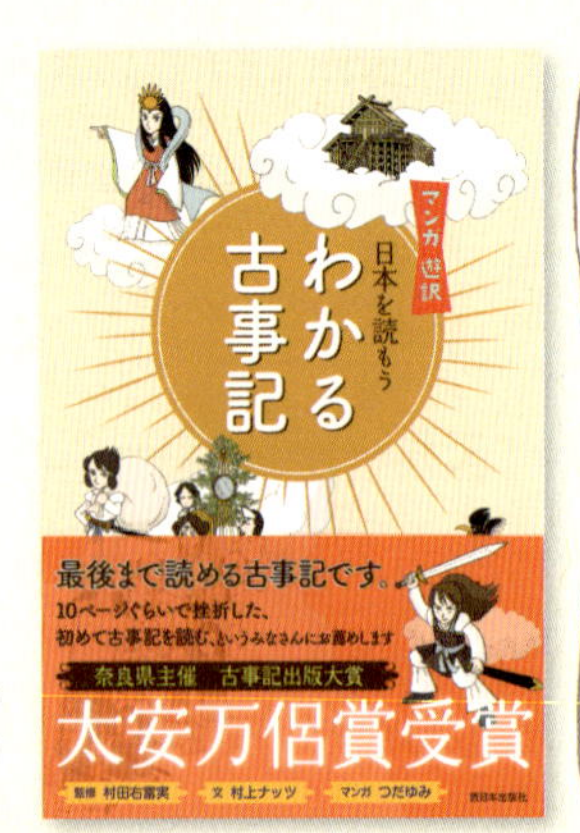

万葉集と同じ時代の物語を読んでみませんか？

古事記出版大賞 太安万侶賞とは…

過去5年間に出版された書籍雑誌の中から図書館員が一次選考し、古事記や日本の歴史に造詣の深い書店員が選定した、奈良県主催の賞です。

この本と同じ
村田右富実先生監修！
最新の研究情報が
詰まってます☆

マンガ
＋
短い文章＆解説
で、ストーリーを
追っていくから
最後までスラスラ
読めちゃう♪

劇作家
村上ナッツさん
ならではの
キャラクターやお話を
膨らませた妄想コラム
も面白い♪

知らなかった！
＆
勘違いしてたかも？
…そんな驚きで
いっぱいです！

マンガ家
つだゆみさんの
描くイラストで
神様を覚えやすい！

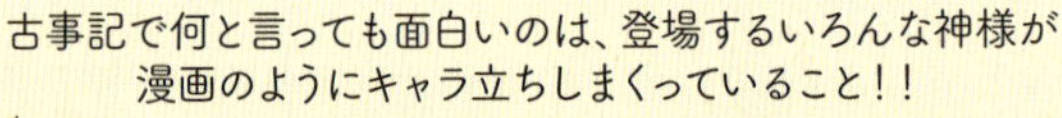
古事記で何と言っても面白いのは、登場するいろんな神様が
漫画のようにキャラ立ちしまくっていること！！

アマテラス

日本初！ 皆のアイドルな、男装もしちゃう麗人☆

スサノオ

乱暴だけど実は優しい…怪物を倒して姫を救う王子様

大国主

「動物に優しい＝モテ男子」の原型がここに！

ヤマトタケル

酒に酔わせて隙を突く。女装美少年、現る！！

漫画だから気楽に読めちゃうし、古事記って全然難しくない♪

万葉集にも登場した、大国主と少彦名の国造り話が載ってます！